約束

約束

夜回り先生
水谷修

日本評論社

亜衣。

君が亡くなって、13年の月日が流れようとしています。

覚えていますか。
君は病床で、私に2つのお願いをしました。
1つは、君のことを、私のすべての講演会で、
君の後輩たち、子どもたちに話すこと。

この約束は、ずっと守り続けてきました。
正直にいいます。
じつは、話したくなかった。つらかった。
でも、君の命をかけたお願い……。きちんと話し続けてきました。
君の後輩たちだけでなく、大人たちも、
君のことを思って、たくさんの涙を流してくれました。

もう1つは、君のことを本にして遺《のこ》すこと。

ごめんね、これはできなかった。
ご両親と約束したから、
君のことを文字にして遺さないことを。
君との約束、そして、ご両親との約束の板挟み。
君との約束を果たせない自分に、ずっとジレンマを覚えていました。

でも、約束はどんなに時間がかかったとしても、
守らなくてはなりません。
それが約束です。

そして今、君のことを書き遺すという約束を守る時がきました。
ご両親との新たな約束によって。
でもね、亜衣。
何度も書こうとしたけれど、つらくて哀しくて、書けなかった。
だから、3年もかかってしまったよ。

君とともに生きたあの日々を、そっと想い出しながら……。
君の想いを一つひとつ文字に記《しる》し、ようやく書き上げることができました。

亜衣、いずれ君の元にこの本を届けます。
その時、君は、「先生、違うよ。こんなふうじゃなかったよ。それは誤解」
そういって、いつものようにほっぺをふくらませるかもしれません。

もしも、そうだとしたらごめんんね。
でも、私は、君との日々を精一杯正直に書きました。

亜衣、君との約束、すべて果たしました。

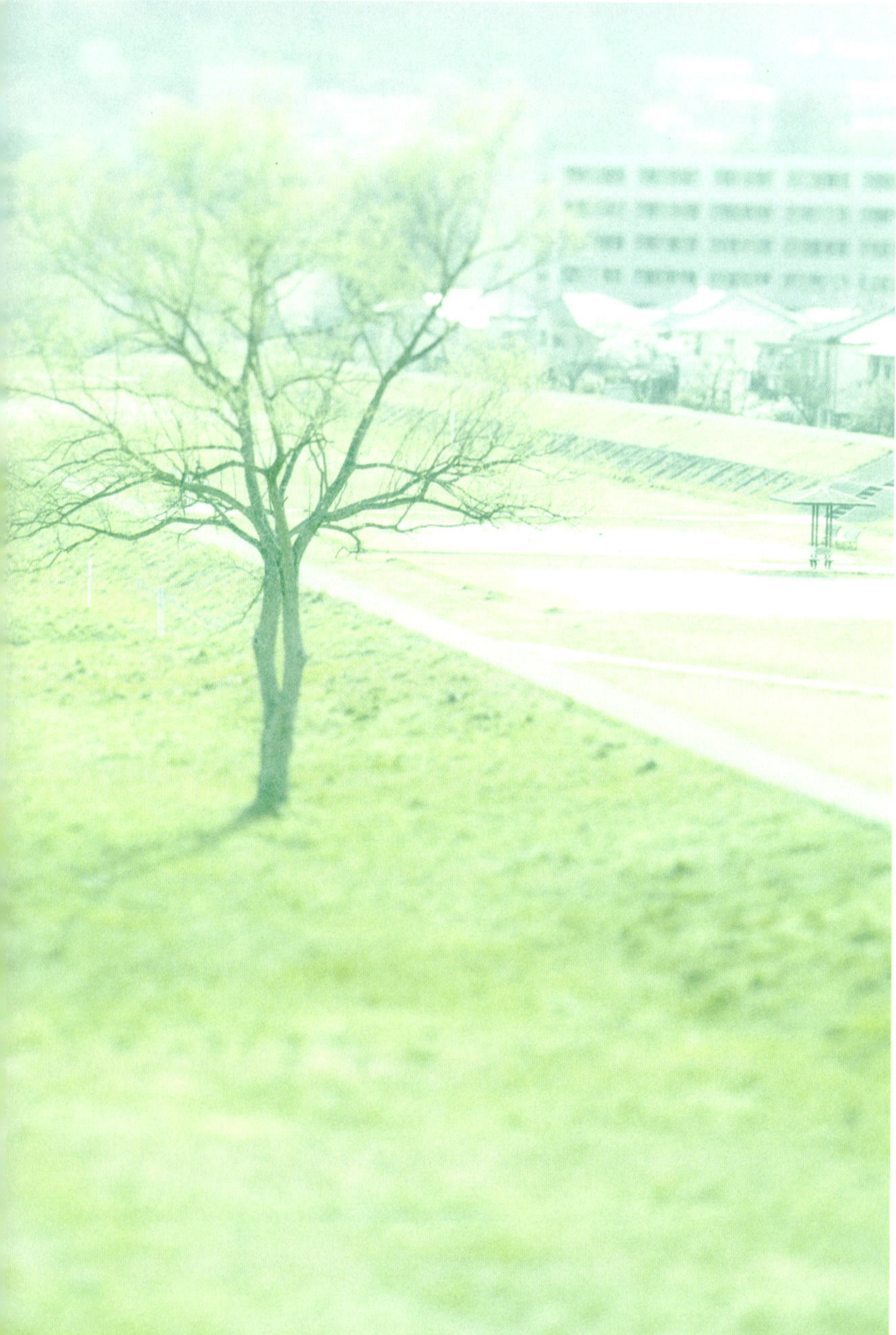

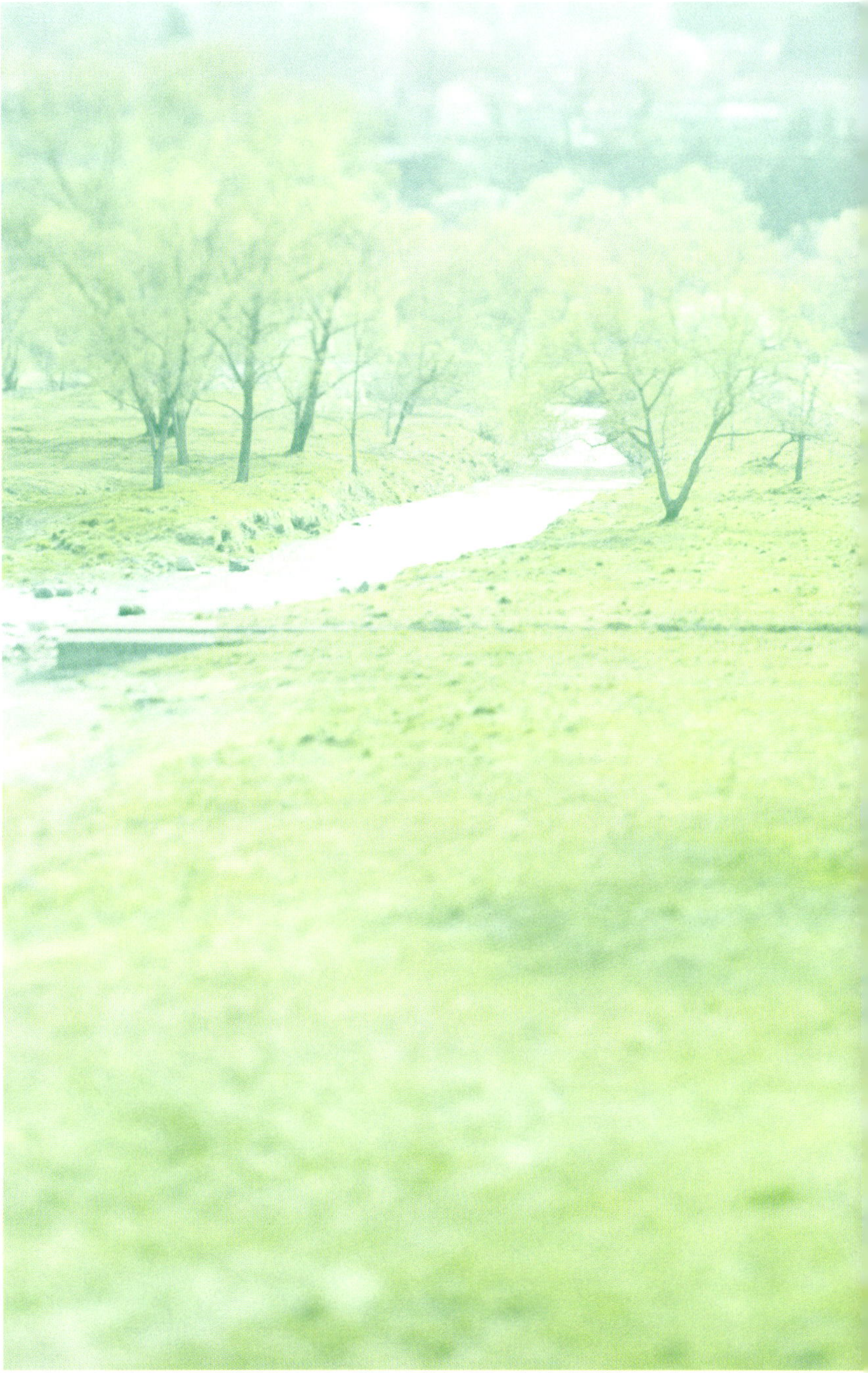

約束

目次

1――亜衣、再び君と

亜衣、もう3年前のことです。

君のお母さんから、久しぶりに電話をもらいました。

そして、10月15日、君の10回目の命日に君の家に行ってきました。お父さんとお母さん、お姉さんにもお会いしました。


亜衣、ごめんね。

君に無断で、君の部屋にも入ったよ。

仏壇の中の君にあいさつした後、お母さんが案内してくれました。

ベッドカバーも、机も、本棚も、そこに並ぶたくさんのコミックも、君が大切にかわいがっていたぬいぐるみたちも昔と同じ、君がこの部屋で過ごした時のままでした。

君の大好きだった高校の制服も、きちんと掛けてありました。

ただ、君だけがいません。そこにいなくてはならない君はもういないのです。

机の上には、写真立てのガラスの向こうで、変わらない君が微笑《ほほえ》んでいました。

亜衣、覚えていますか。

「私のこと、先生の講演で話して。特に、私の後輩たちに。

亜衣っていうばかな女の子がいて、親のひとことでふてくされ、中1から派手な格好で夜の世界に入った。夜の世界で乱暴され、からだを売らされ、エイズになった。

そして、もだえ苦しんで死んでいったことを、みんなに伝えてほしい」

私に、そう頼んだことを。

だから、亜衣。

私はこの間、その約束をずっと守り続けてきました。

君の後輩である中学生や高校生への講演では、必ず君のことを語ってきました。多くの子どもたちが、たくさんの涙を流して聞いてくれました。

でも、亜衣。

私は、いつも君のことを話すのがつらかった。できれば話したくなかった。君のために何もできなかった自分を想い出して、哀しくて仕方ありませんでした。君のことを話しながら、私のこころはいつも泣いていました。一時期は話すのをやめようと何度も思いました。

ごめんね、君のことを忘れようと努力したことさえあります。

でも、「約束はいかなる時も破ってはいけない」そう自分にいい聞かせ、今日まできちんと語り続けてきました。

13年前、君のことを語るにあたって、当然ですが、ご家族の許可をもらいました。私が君との約束について話した時、お父さんもお母さんも、ずっと下を向いていました。本当はいやだったと思います。亡くした君のことを話されるのは、とてもつらいことでしょう。ご両親にとって償《つぐな》うことのできない過《あやま》ちを、多くの人たちにさらけ出すことになるのですから。

でも、君のお姉さんのひとことでご両親の気持ちが変わったのです。お姉さんは、こういってくれました。

「亜衣を苦しめ、それに気づかず、そして、亜衣を死なせてしまったのは私たちなんだよ。そんな私たちに、亜衣が水谷先生に頼んだことを断る権利なんてないよ」

こうして、語る許しを得たのです。

そしてその時、私はご家族から1つのことを頼まれました。それは、君のことを文章として書くのだけはやめてほしいというお願いです。私は約束し、この時まで10年間ずっと守り続けてきました。


10年ぶりにお会いして気づきましたが、君のお父さんもお母さんも、私も、もう髪の毛は真っ白です。年を取りました。君のお姉さんは、君とそっくりなすごい美人です。銀行で外国為替《かわせ》の仕事をバリバリこなすキャリアウーマンだそうです。

君の部屋を出た後、初めて君の家を訪ねた日と同じ応接間で、ご両親とお姉さんと君の想い出をたくさん話しました。

君が生まれた時のことから始まりました。そうだ、写真も全部見せてもらいました。ヌードもあったな。ごめん、ごめん、赤ちゃんの時の写真ですから大丈夫。昔の写真を見ながら、みんなでたくさん笑いました。

幼稚園の運動会でも、小学校の運動会でも、「お姉ちゃんと同じ1等賞を取るんだ」といって、張り切りすぎて、いつも転んでビリだったことも聞きました。転んだ姿の写真がかわいくて、みんなで大笑いしました。そういえば、君のご家族と笑顔で話したのは、今回が初めてです。

でも、君が中学に入ってからの写真はありませんでした。その当時のことがよみがえってきたのでしょう、みんな、涙ぐんでしまいました。

それでも、家族で訪れたヨーロッパ旅行の写真が出てきたら、また、楽しかった想い出話に花が咲きました。

そして、君のお父さんから1つの提案がありました。

「水谷先生、折り入ってお願いがあります。

先生は、今まで、亜衣のことを講演会で話し続けてくれました。でも、じつは私も妻も、先生が講演会で亜衣のことを話すのを一度も聞いたことがありませんでした。怖くて聞けなかったのです。

私たちは10年経って初めて、亜衣が先生に託した本当の気持ちに気づきました。だから、先生にはいいませんでしたが、先日、家族で先生の講演会に行きました。

先生がうちの亜衣のことを話してくれるのを初めて聞きました。会場を埋め尽くした人たちが、子どもたちも、亜衣のことを思って涙を浮かべてくれているのを知りました。

先生の講演の中で、亜衣がたくさんの人の中で生き返っていました。私たちの亜衣は今も生きていることを実感できたのです。

水谷先生、亜衣が生きていたことをどうか書いてください。もがき苦しみ、哀しみながら、でも幸せになろうと、必死に生きようとしたことを。でも、生きられなかったことを。

先生の想い出のままに、亜衣のことを文字にして遺してやってください。講演会にられない人のために、本にして伝えてほしいのです。

私たちは、今も亜衣に対して贖罪《しょくざい》の思いを抱いています。私と妻がいなくなった後は、きっと、姉のこの子が一人でその思いを背負い続けることになるでしょう。まだこの子が独《ひと》り身なのは、たぶん、亜衣への贖罪からです。

だから、亜衣が望んだように、あの子が生きたことを1冊の本として遺すことは、今の私たちにとって、亜衣のためにしなくてはならないことだと考えています。そして、それによって、この子も家族から自由になれる、そう思っています。

先生、亜衣のことをぜひ書いてください」


私は、この提案を引き受けました。

でも、簡単には書けませんでした。書いては消し、書いては捨てを繰り返すばかりで、ペンが進まず、すぐに行き詰まってしまいました。

君のご家族からは、何度か連絡をもらいました。そのたびに謝《あやま》りました。

亜衣、なぜ、私が書けなかったかわかりますか。

それは、私から見た君を書こうとしていたからです。私という一方向の視線だけでは、君を汚す恐れや嘘が生まれる心配がある。そう考えると、私のことばだけで書くことができなかった。


だから、亜衣。

この本は君の視線からも書くことにしました。あの時々の君になって、その時々の想いを語ることにします。

君が生きて後輩の子どもたちに伝えたかったことを、亜衣のことばのままに伝えます。君が生きた証《あかし》として遺すのです。

私からは、君とともに生きたあの日々を、一つひとつの出来事を、こころに刻まれた想い出に正直に書き綴《つづ》っていきます。

君が文字の中に、この本の中に生き返ることを願って。

2 —— 出会い

水谷先生、
初めて出会った日のこと、今も覚えてる？

私が中学3年生になった春。4月なのにとっても寒い夜、桜は満開だった。

私はいつも通り、夜遊び。その日知り合ったばかりの人たちとカラオケで楽しんでいた。

これは嘘かな。楽しんでいたっていうより、ただ、家に帰りたくなくて騒いでいた。

でも、終電の時間が近づくと、一人抜け、二人抜けして、どんどん帰ってしまう。

大学生で「自分は二枚目。この世の女は全部自分のものだ」って格好つけてたやつも、笑っちゃう、「親が心配するから」って帰って行った。

気づいたら、私一人。

「楽しんだ？　またきてねっ！」という元気のいい店員さんの声で、店から追い出された。カラオケのお金は男たちが払ってくれていた。

夜の町には、もうほとんど誰もいなかった。寂しかった。寒さでからだが震えた。こころは、寂しさでもっと震えた。街灯に照らされた満開の桜。本当はきれいなんだろうけど、私には花びらの白さが氷のように思えて、こころに冷たさが突き刺さった。

先生はよく知っているよね、夜の町のむなしさを。夜の町って変だよね。いっぱい楽しめば楽しむほど、後がきつい。死にたいぐらい寂しくなる。あの日もそうだった。

終電はとっくに行っちゃった。電車の始発までどうしようかと、ちょっとだけ悩んだけど、近くの公園に行ってブランコに乗ったんだ。

先生、ブランコって哀しいね。

うーんと漕《こ》いで、

「やったぁ！　こんな世界から飛び出して、どこかへ行けるかも！」って思っても、すぐに引き戻される。

「ブランコの鎖がちぎれて、空の向こうまで飛び出せたらいいのに」って、何度も何度も漕いだんだ。鎖を握る手は寒さでかじかんで、もう感覚がなかった。

その後、目をつぶって、ブランコを少しだけ揺らして、ちょっと泣いた……寂しくって。

そんな時、声が聞こえたんだ、「どうしたの？」という優しい声。

目を開けると、そばに一人のおじさんがいた。お酒臭かったけど、ネクタイをきちんと締めてバリっとしたスーツを着ていた。結構年だったけど、わりと格好よかった。

おじさんと少し話したよ。

最初は心配して、「いくつ?」「何で家に帰らないの?」って聞いてくれた。

私が「家になんか、帰らない。朝までここにいる」っていったら、「それなら、暖かい部屋で、ベッドで寝たら?」っていったんだ。

やっぱりこのおやじも、私のからだが目当てか。そう思って、少し哀しかった。

だから、「援助してくれるの?」って聞いたら、「いいよ」だって。


二人で近くのモテルに向かった。歩きながら、わざと、おやじの手に私の手を絡《から》ませると、「そんなことしちゃ駄目だよ!」だって。いい人ぶって偉そうにしちゃって、ばかみたい。少し腹が立った。

「いいや、いっぱいお金もらえば」自分にそういい聞かせた。

こんなことを話すと先生が哀しむこと、私もわかっている。でもね、その時はそう考えるしかできなかったんだ。

真っ暗な道を抜けると別世界、ピカピカに輝くモテル街があった。

先生、私ね、その時、逃げようって思ったんだよ。

こんな嘘の優しさを振りまくおやじ、大嫌いだから。

きっと、そんな私の気持ちに気づいたんだね。モテル街に入ると、おやじが私の手をぎゅっと握りしめてきた。


私、まだはっきりと覚えているよ。

「北欧」って名前のモテルに入ろうとしたその時、後ろから、

「中学生！　高校生！」って刺すようなことばが聞こえた。逃げることを許さないような鋭い声。

私は「ごめんなさい。中学生」って答えて振り返ると、そこには先生が立っていた。


先生は、自分では気づいていないと思うけど、怖いんだよ。

あのダークなスーツに、黒い襟《えり》の立ったコート姿は、黙っていても威圧感がある。私、夜の町で暴力団系の連中ともいっぱいかかわった。でも、あんな連中の怖さとはまったく違う怖さを、先生は身につけている。


先生は怒っていたね。おやじに怒鳴《どな》った。

「この子は中学生。この子を連れて、ここに入ることは犯罪だ。すぐに警察を呼ぶ！」って。おやじ、ちょっと哀れだった。走って逃げた。

私もその隙《すき》を見て走り出そうとしたら、先生はもう私の服をつかんでいた。


私、暴れたよね「離せ！　離せ！」っていって。でも、先生は離さなかった。

「警察を呼ぶか、私と少し話すか、どちらか決めなさい」

先生は真剣な顔で、私の目をじっと見つめながらいった。

先生の目、哀しそうだった。

亜衣、君と最初に会った日のこと、覚えています。1998年4月2日です。神奈川県にある横浜市立戸塚高校定時制に転任して2日目でした。あの日、私は哀しみの中で沈んでいました。

私はその3日前まで、横浜市立港高校に勤務していました。残念ながら、今は閉校になってしまいましたが、石川町の駅前、中華街の入り口にあった生徒数800名の日本最大の公立夜間定時制高校です。この高校で私は「夜回り先生」となりました。授業、部活、「夜回り」と毎日が楽しかった。たくさんの生徒たちと触れ合って、一日一日を輝いて生きていました。

当時の私には、弟のように思い、いつかは私の後継者にと信じていた一人の若い教員仲間がいました。私とともに夜遅くまで、さまざまな問題を抱える生徒たちの相談にのっていました。

でも、その彼がたった一度、教員として絶対に許すことのできない過ちを犯してしまいました。

彼のしたことを教育委員会に報告し、彼が処分を受ければ、私は自分を守ることができました。でも、私にはそれができなかった。上司として彼を守ってしまいました。私自身が、教員として、してはいけないことをしたのです。

私はその責任を負って、他校へ転任するという処分を受けました。私を信じてくれていた数多くの生徒たちに転任の理由も語ることができず、港高校を去らなくてはなりませんでした。何人かの生徒は、「水谷先生、私たちを見捨てるの!?」と叫びました。その声に、私は下を向くことしかできませんでした。

亜衣、君は、私に聞いたことがあるよね「先生は、何で夜回りなんかするの？」って。

あの時、私は「君だって目の前で子どもが転んだら、すぐ近寄って起こしてあげようとするよね。それと同じ。夜の町では、たくさんの子どもたちが、明日を見失っている。そして、つかの間の楽しみの中で、今だけを生きることで、明日を失っている。そんな子どもたちが心配だから」こう答えたと思います。

でも、それは違います。君に嘘をついてしまいました。

本当は寂しいから夜回りをしています。哀しくなったり寂しくなった時、夜の町に出る。そして、出会う子どもたちとかかわることで、私自身が生きる元気をもらっています。


あの夜もそうでした。

新しい勤務先は、3月末のしかも緊急の人事異動でした。だから、先生たちはみんな好奇の目で私を見ます。しかも、「夜回り先生」としてちょっとは名前が知られていましたから、「めんどうくさいやつがうちの学校にきた」と敵意をむき出しにする先生方もいました。


新しい環境はきつかった。

だから、あの夜は10時に学校を出ると、すぐに車を走らせました。まずは、「夜回り」の拠点である港高校近くの中華街から。たくさんの教え子たちがたむろしていました。彼ら一人ひとりと話をし、帰らせ、それから、横浜駅西口に向かいました。もう深夜12時を回っていました。横浜駅周辺で一番の繁華街、五番街で夜回りです。さすが春休みだけあって、たくさんの中高生がそんな時間まで遊んでいました。「彼らを解散させたら帰ろう。ただ、その前にモテル街を一回りしよう」そう考えて歩いていました。

君にも話したと思います。終電が終わった後、いつも「夜回り」の最後は、駅近くのモテル街だって。

特に寒い時期は、モテル街をパトロールします。家に帰る手段を失った中高生の女の子たちが、一夜の暖かさを求めて男たちにからだを預けることがあります。それを止めるために、夜回りしています。

あの日も、まさにそうでした。

春休みなのに中学校の制服を着た少女が、中年の男に手をぎゅっと握られ、連れ込まれそうになっているのが目に入りました。

君は、私から見たら、とても変な格好をしていましたね。制服のスカートは超ミニ、足にはあのダボダボのルーズソックスを履いて、キティちゃんがついたピンクのサンダル姿。でも、この格好は、あの当時の中高生の女の子たちにとっては、遊びのための正装だったよね。君は、まさにそのスタイルでした。

君はとても正直だった。背後から「中学生！　高校生！」と声をかけると、すぐに「ごめんなさい。中学生」と答えてくれた。

それからは、一瞬の出来事だったよね。あの男は一目散に逃げ去った。本当は捕まえたかったけど、君も逃げようとしていたから、君の制服をつかんでいるのがやっとだった。

亜衣、今思い出しても、すごい出会いだったね。

だけど、偶然ではなかった気がします。

あの日、私は風邪ぎみで体調がよくなくて、何度か家に戻ろうとしました。でも、漠然とした胸騒ぎに駆られて、あの時間まで「夜回り」を続けていました。

私は59歳になりました。そんな長い年月を生きていると思うことがあります。世の中に偶然というのは存在しないのではないかと。

私たちは、この大宇宙の中、大きな時間の流れの中で刹那《せつな》の時を生かされていま す。神とか仏とかではないのですが、何か大きな力が、私たちにある使命を与えて生かしてくれている。だから、君とのあの出会いも偶然とは思えないのです。

きっとあの時、君の寂しさと私の寂しさが磁石《じしゃく》のように引き寄せ合い、私たちの出会いをつくった。私はそう考えています。

あの時の君の目、今もはっきりと覚えています。

最初は脅《おび》えていたね。無理もない、たぶん、私のことを暴力団の組員か私服の警察官だと思ったんだよね。でも、その目の中にだんだんと哀しみが見えてきました。

亜衣、覚えていませんか。

君を捕まえてしばらくして、私がニコッと微笑んだことを。

君の目の中の哀しみを見てわかったんです。この子は私との出会いを、きっとずっと待っていたんだと。

3

哀しい想い出

それから、さっきの公園に戻ったんだ。

先生、子どもみたいだった。「ブランコに乗ろう」そういって、一人でブランコに座った。

「ほら、こっちのブランコに乗りなさい」っていって、私をブランコに座らせた。

先生は一人で楽しんでいた。すごく大きく漕ぎながら、「ブランコはいいなぁ」という先生の声、救急車のサイレンみたいだった。近づいたり、遠ざかったり。

私はどうしていいかわからなくて、ユラユラ揺らしていた。


少ししたら、突然ブランコを止めて、私に話しかけた。

「変なおじさん、そう思ってるだろ? でも、おじさんは夜間高校の先生なんだよ。自分の生徒たちのことが心配で、夜の町をパトロールして歩いていた。そしたら、君に出会った……。

さて、あっちに車を止めてある。送って行くよ」

私、あの時、何が何だかわからなかった。先生は私のことを何も聞かないし、責めなかったから。

でも、不思議とほっとした。ちゃんと話してみたくなった。

先生、正直にいうよ。

私は、人から見たら「幸せな家庭」っていう環境で育った。たぶん、お金持ちだよ。お父さんは結構有名な会社の重役なんだ。親が社長だから当たり前かな。お母さんはピアノが上手だよ。いわゆる「お嬢様育ち」ってやつだから。

私のお姉ちゃんはすごい美人で、頭もいいんだ。友だちもいっぱいいるし、みんなから愛されている。

私の名前は、亜衣。

お父さんとお母さんが若い頃に夢中になって読んだ漫画の主人公の名前が、「愛」

だったんだって。だから、自分たちの子どもには愛って名前をつけたかった。でも、お姉ちゃんの名前は、おじいちゃんが決めてしまった。

次に生まれた私の名前は、生まれる前から、あいに決まっていたらしい。二番目という意味を持つ「亜」という漢字を入れて、亜衣になった。まるで付録みたいだね。

私ね、思うんだ。もしも、お父さんとお母さんが私の名前を「愛」という漢字にしてくれていたら、私の人生変わっていたんじゃないかなって。もう無理な話だけど……。

私は出来損《できそこ》ないなんだ。小学校の受験に失敗した。中学校の受験では滑り止めの学校まで落ちちゃった。あの時のお母さんのひとことに傷ついた。

「あんな学校まで落ちるなんて、あんた、いったい誰の子なの！」

仕方なく、公立の中学校に進んだ。そこで、私は荒れた。

入学式の前にはもう茶髪だったから、お母さんはまた怒った。でも、私がカッターナイフで手首を切ったら、焦《あせ》っていた。だから、入学式は一人だけ校長室だった。哀しかったけど、それでよかった。私のことなんかどうでもいいと思っている親を苦しめたかったんだ。もう大人なんて信じていなかった。

次の日には、学校中に噂《うわさ》が広まったみたい。私はある意味有名人になったから、すぐに悪い先輩たちが近寄ってきたよ。

先輩たちと万引き、カツアゲ、それにいじめと、毎日やりたい放題だった。夜は暴走族のバイクの後ろに乗って、警察をまいて遊んだ。

でも、調子に乗ってやりすぎた。

先生、私ね。みんなとつきあっていても、こころの中では軽蔑していた。

こいつらはばかだけど、私は違う。きちんとさえすれば、いつだって、私には今日と違う明日が手に入るって思っていたんだ。

ある先輩に見透かされた。こんな気持ちがバレたんだ。

中学2年の7月7日、七夕《たなばた》の日だった。

先生は知ってるよね、暴走族の中で「シメる」ってどんなことか。男はボコボコにされる、女はヤラれる。その先輩の「亜衣は生意気、シメちゃえ！」というひとことで、私は……。悔しかったから暴れた。でも、すぐにあきらめた。自分の蒔《ま》いた種だから。


それからは、もうどうでもよかった。だから、もっと荒れた。

中学では、先生をからかった。

家にはほとんど帰らなかった。たまに帰ると、お母さんはただ泣いてるだけ、お父さんはキレた。

お姉ちゃんはわかってくれていた。私のことを抱きしめてくれた。でも、そんなお姉ちゃんの優しさも、見下されているようでウザかった。

今振り返ると、私、ばかだった、素直じゃなかった。家族の気持ちを考える余裕なんてまったくなかった。

毎日があほらしくて、生きているのがつらくて、アンパンから始めて、睡眠剤や大麻なんかのドラッグにも手を出した。シャブもやったよ。でも、シャブは何かソワソワして気持ちが悪かったから、あんまり使わなかった。

とにかく今の哀しみを少しでも軽くしてくれるなら、何でもよかったんだ。

先生、私「売り」もやったよ。ドラッグやるにはお金がほしかったから。

私ね、几帳面なんだ。売りをやった日はきちんと手帳に書いてあるよ。

45人、じじいもおじさんもいた。仲間たちから「アンパンほしいなら金稼いでこい、からだ売ってこい」っていわれた。

私、いっぱい汚れた。1回汚れるのも、何回汚れるのも同じだと思ったから。

でもね、本当はそんなことしたくなかった。だから、いつも目を閉じて我慢していた。

先生、夜っていやだね。

自分のこころの嘘が見えてきて、むなしさが襲ってくるんだ。

それから逃げるために、夜は遊び回った。

派手な化粧をして夜の町に出れば、すぐに格好をつけた男たちが近づいてくる。そんな連中と遊んだ。

でも、遊べば遊ぶほど、その後はどん底の気分を味わう。自己嫌悪《じこけんお》ってやつだね。

それを忘れるために、もっと遊んだよ。

たまに学校に行っても、先生たちは私を完全に無視した。

家族からは見捨てられたと思っていた。

坂道を転げ落ちるみたいな毎日。

ちょうどそんな時、先生と出会ったんだ。

あの日のブランコは効《き》いたよ、私もブランコ大好きだったからさ。

それに、私を責めない、何も聞かない先生はすごいと思った。正直にいうと、「こんな人が私の親だったらよかったのに」とも思った。無理だけどね。

それから、車で家まで送ってくれたんだよね。別れ際の先生のことばに涙がこぼれそうになった。

「ほら、名刺をあげるよ。いつでも相談しておいで。昼の世界に戻ろうね」

凍っていた私のこころが、ポッと暖かくなったみたいだった。

誰にも気づかれないようにそおっと自分の部屋に行って、先生からもらった名刺を見た。

びっくりしたよ、「夜回り先生」だったんだね。噂は、仲間たちから聞いて知っていた。

「港高校に『夜回り先生』って呼ばれている先生がいて、夜の町を回っている。夜遊んでいると、『帰れ』って声をかけてくる。すごく変なおやじだけど、俺らの味方らしい」「俺、会ったよ」「私、話したことある」そんな仲間も結構いた。

先生は、夜の町の子どもたちの間では有名だった。それに、子どもたちから嫌われていなかった。

だって、先生のことを話す時、みんな何となくウキウキして楽しそうだったから。

あの「夜回り先生」に、私、声をかけられたんだ。

覚えていますよ、亜衣。君とあの日、君を送って行く前にブランコに乗ったこと。君には話す機会がなかったけど、私はブランコが大好きなんです。ブランコには、幼い頃からの想い出がたくさんあります。

私は3歳の時に父親を失いました。

当時は横浜に住んでいましたが、母親は、女手一つで幼い私を育てることができませんでした。だから、山形の小さな村に住む母の両親、つまり、私のおじいちゃんとおばあちゃんのところに預けられました。寂しかったです。夜はいつもおばあちゃんの布団《ふとん》に潜り込んで、声を殺して泣きながら眠っていました。

村の子どもたちの間では、私はよそ者でした。私が標準語を話すせいもあって、みんなからいじめられました。

村の広場には大きなブランコがありました。でも、私は乗ることを許してもらえませんでした。よそ者だからです。いつも一人ぼっちで、みんなが遊んでいるのを見ていました。

夕方になると、子どもたちが一人、また一人、家に帰ります。

夕闇が迫って、広場に誰もいなくなると、私はブランコに乗りました。

そして、力一杯漕ぎました。きっとブランコが、遠くの町にいる母のところまで私を運んでくれる。もっともっと大きく漕げば、あの山を越えて、大好きな母の元まで飛んで行ける。

幼心にも、そんなふうに思い、毎日のようにブランコを漕いでいました。でも、いくら大きく漕いでも、ブランコは私を母の元には連れて行ってくれません。いつもベソをかきながら、祖父母の待つ家に戻りました。

その頃から、ブランコは私の大切な友だちになりました。

つらい時、哀しい時、ブランコに乗り、それを力一杯漕ぐ。そのまま目をつぶり、からだじゅうで風を感じる。そうしていると、いつの間にか、つらさや哀しみが飛び去っていました。

いつでもどこでも、ブランコを見つけると、私は古い友だちに再会したような気持ちになるので、つい乗ってしまいます。


あの日、ブランコを必死に漕ぐ私を、困った顔で見ていた君。きっと君の目には、変なおじさんの姿として映っていたんだろうね。

しかも、事情を聞かない、話さない私にも、君は困っていたんだよね。公園から駐車場の私の車まで歩いた時も、車中でも、私たちには会話がなかった。たしか、聞いたのは君の家の場所だけだったよね。

なぜなら、あの時の私は、君にかけることばを持っていませんでした。何を話していいのか、どんなことばをかけていいのか、わからなかったのです。ごめんね。

前に話したことがあると思います。私が、ことばをあまり信じていないことを。

亜衣、覚えていませんか。

「メールや電話で『愛してる』と連発する男は、信じるなよ」といったはずです。彼らは自分の愛に自信がない。だから、「愛してる」のことばを連発するのです。

私は、ことばをたくさん発する人は、弱い人間だと考えています。

悩みや迷いがあるからこそ、たくさんのことばを使います。相手の反応を見ることによって、自分のことを確認したいのです。

たとえ、ことばの力を借りたとしても、人と人とが本当にわかり合うことなんてできないと思っています。むしろ、それらのことばによって、人と人との間で最も大切なもの、友情や愛が汚されてしまうと考えています。

だから、私は子どもたちと触れ合う時、本当に必要なことばしか使いません。

あの時、君はずっと下を向いて、その小さなこころを震わせていたね。

でも、時々、私のほうを見る君の瞳の中に、小さな輝きが見えました。それだけで、私は十分でした、うれしかった。

「この子は昼の世界に戻ってくれる。何とかなりそうだ」そう思えたのです。

もちろん、君を夜の世界に追い込んだ大人たちに対しては怒っていました。

私は、君たち子どもたちを叱れない。怒ったことも、怒鳴ったことも、叩いたこともありません。

それはね、いつも君たちの後ろに悪い大人たちの姿が見えるからです。君たちを夜の町に追い込んだ許せない大人たちの姿が見えるからです。

私は、そんな大人たちを絶対に許しません。

4 —— 電話

先生、私、あの後すぐに電話したよね。

でも、先生は電話に出なかった。

だから、私、疑った。先生もみんなとおんなじ、いいことばっかりいう嘘つきだって。


そう思っていたら、携帯の着信音が鳴った。先生からの電話だった。

「ごめんね。車を運転していたから出られなかったんだ。今、車を止めたから話せるよ」っていう、先生の低いけど温かい声が聞こえた。

その声を聞いて、思わず涙がこぼれた。先生っていい人なんだな、信じてみようって思った。私、生まれて初めて、人を信じようと思えたんだ。

「先生、会ってくれる？」私がそう頼むと、

「いいよ。君とは昼間に会いたい。そうだな、明後日《あさって》、土曜日のお昼過ぎにあの公園で会おう。まずは、今夜はゆっくり眠りなさい」そう答えてくれた。

私、うれしかった。

亜衣。

すぐに電話に出ないから、疑う、怒るというのはひどいな。

だって考えてごらん。君を家に送り届けた後、私は自分の家に戻らなければならない。ちょうど、その途中だったんだ。

車の運転中に電話を取ることはできない、法律違反になってしまうよ。

だから、車を道路の脇に寄せて止めてから、君に電話をかけ直した。

電話から聞こえた君の声、すごくうれしかったです。

「やった！　こころが通じた！」と運転席で一人で舞い上がっていました。まるで、ラブレターを届けた相手から、すぐ電話をもらった時のような気分です。

どうやったら君を昼の世界に戻すことができるのか、それを考えただけで、こころが弾《はず》んでいました。生徒をきちんと学校に戻すことが、私の仕事です。

同時に、私のこころの中には、またかかわる生徒が一人増えてしまった、という少し重たい気持ちも芽生《めば》えていました。

5 —— 明日へ

次の土曜日、先生とあの公園で会ったよね。
私がどんな洋服を着ていたか、覚えている？
派手な服しか持っていなかったから、困ったよ。先生とは派手な服で会いたくなかったんだ。仕方がないから、お姉ちゃんの一番地味な服を借りた。

お姉ちゃんに、「服、貸して。今日は大切な人とデートなんだ。まじめな格好で会いたいからさ」って頼んだら、お姉ちゃんは心配して「誰と会うの？」って、何回も聞いた。私が「きっと私を幸せにしてくれる人」って答えたら、お姉ちゃんはもっと心配した。

お姉ちゃんがあんまりつきまとうから、「マジ、うるせぇんだよ！」って怒鳴ったら、お姉ちゃんはいつもとおんなじ、涙目になった。

ちょっと気の毒になって、「大丈夫、ちゃんとした人と会うんだから。だから、お姉ちゃんの服、借りるの！」っていって、家を飛び出した。

私が公園に着くと、もう、先生はいた。

その姿を見て、私、思わず笑っちゃった。スーツ着て、しっかりコートまで着込んだいい大人がブランコに乗っていたから。しかも、大きく漕いでうれしそうだった。

先生、気づいてた？

あの公園に入ろうとした親子連れがいたんだ。でも、そんな先生の姿を見つけて、たぶん、変なおじさんか、ヤバいおじさんって思ったんだろうな。慌《あわ》てて、どこかへ行っちゃった。

日が暮れるまで、先生と話したよね。隣のブランコに座ってさ、ユラユラ揺らしながら。

でも、私、ブランコで長く話したくない。ずっと座っていたから、おしりが痛くなったんだ。

先生は、自分からは聞かなかった。

でも、私は話したかった。先生にすべてを話したら、私の汚い過去がすべて消えるんじゃないかって思ったから。

だから話した。家族のこと、特に親のこと、つるんでいた仲間のこと、ただ逃げてるだけの自分のことも、正直に全部話した。

先生はずっと空を眺めながら、私の話を聞いてくれたね。

私にとっては、それがよかったんだ。先生に目を見られたら、きっと何も話せなかった。ただ泣くことしかできなかったと思うよ。

先生の顔は哀しそうだった。ことばを挟んだりしないで、ただずっと聞いてくれる、その優しさがうれしかったんだ。

汚い過去を話せば話すほど、私は自分が洗われていく気がした。

もう話すことがなくなって、ようやくブランコを漕ぎ始めた。薄紫色の空がきれいだった。でも、あの空の色は寂しくてつらい夜の始まりの色でもあるんだ。私は漕ぐのをやめて、下を向いた。

そしたら、先生が突然「いいんだよ」って、いったんだ。それから、「よし。今日から君は、私の生徒だ。今から君の家に行こう！」っていって、立ち上がった。私がことばを返すのを許さないような、強い声だった。

一昨日《おととい》会ったばかりのこの人が、なぜ私の家に行くんだろう。私の家で何をする気なんだろう。

考える余裕もなく、気づいたら先生の車に乗せられていた。先生は私の家を覚えてたね。あっという間に着いちゃった。

玄関に立つ私と先生を見て、お母さんは「この子が、また何かやったんですか！」っていった。

「高校で教員をしている水谷と申します。この子ではなく、あなた方が、何かをしたんです。まずは、ご家族のみなさんと話をしたい」

そのことばを聞いて、お母さんはどうしていいかわからなくなって、思わず「はい、どうぞお入りください」っていっちゃった。

応接間では、先生の隣に座った。居心地は最悪。

お父さんもお姉ちゃんも呼ばれた。

先生が何を話すのか、怖かった。だって、すべて親にバレたら、家を追い出されちゃう、見捨てられちゃう。大好きなお姉ちゃんにも嫌われちゃう。

お父さんとお母さんは、先生のことを知っていた。

「あの『夜回り先生』ですね、存じています。この子が何かしたのでしょうか？」と

お父さんが切り出した。先生は首を横に振ると、

「お父さん、お母さん、この子を愛していますか」と聞いたんだ。

お父さんとお母さんは「はい」っていってくれた。先生は、

「この子は苦しんでいます。いや、ずっと苦しんできました。たぶん、ご家族のみなさんもそうでしょう。どこかで、こころがすれ違ってしまった。

今、お互いを責めても何にもなりません。そうではなくて、みんなでやり直しましょう。

まずは、たくさん愛してあげてください。もう過去は終わった。今日からこの子は私の生徒です。新しい明日をつくりましょう。そのためのお手伝いをします」

みんな泣いていた、私も泣いた。お母さんは私のそばにきて抱きしめてくれたよ。お姉ちゃんも抱きしめてくれた。

先生はそんな私たちを見て、

「さて、それじゃぁ、夜回りをしてきます。名刺を渡しておきますから、連絡を取り合いましょう」といい残して帰ってしまった。

亜衣、あの日公園で、私たちは何時間座っていたんだろう。君は、私にたくさんのことを話してくれた。

過去のこと、今のこと、隠すことなく一生懸命話してくれた。うれしかったです。

でも、つらかった。まだ、中学3年生の君が、こんな哀しみを抱いて生きてきたのかと思うと……、胸が張り裂けそうでした。


ブランコの上で、私は一度も君の顔を見ませんでした。

今だから正直にいいます。

それはね、見ることができなかったんです。君の顔を見たら、目が合ったら泣いてしまう。だから、ずっと空を見ていました。

決して、君の前で泣くことが恥ずかしかったからではありません。私の流す涙が、優しい君をさらに傷つけてしまうかもしれない、そう思ったんです。

むしろ、君の話を何度も止めようと思いました。

君に話したことがあると思います。過去はこだわってもしょうがないものだと。なぜなら、過去は変えることができないから。過去は捨てるもので、それを引きずって生きるものではありません。

でも、止めることを思いとどまりました。むしろ、ひとことも聞き逃すまいと、君の話を真剣に聞きました。

君はあの時、自分の過去を話すことでそれを捨て去ろうとしていたね。それが痛いほどわかりました。そんな君の想いをただ受け止めたかった。

君の話を聞いていく中で、ある感情が私のこころの中に溢《あふ》れてきました。

ここまで君を追い込んでしまったお父さんやお母さん、君ときちんとかかわらなかった先生たち、君を守らなかった仲間たち、君を弄《もてあそ》んだ大人たち、みんなに怒りと憎しみが湧きました。

彼らをどう追い込み、どう始末をつけさせようか。そんなことも考えていました。

でも、まずは君の家族と腹を割って話そう。そう思って、家に行きました。君は哀しむかもしれませんが、私は運転をしながら、君の家族にどう反省させるかしか考えていませんでした。そのくらい怒っていました。

そんな私を見て、君は察したのかもしれないね。ビクビクしていた。

謝ります、ごめんなさい。君を傷つけてしまったかもしれません。でも、そんなことを考える余裕はありませんでした。


玄関のドアを開けて、君が「お母さん、お母さん！」と叫ぶと、お母さんが出てきてくれました。

その時、開口一番にお母さんから飛び出したことば、

「この子が、また何かやったんですか！」に、私は完全にキレました。だって、君が何かをしでかしてしまうまで追い込んだのは、君の親たちなんです。

私はお母さんに向かって、「この子ではなく、あなた方が、何かをしたんです」と大声で厳しいことばを放っていました。

応接間に通され、始めて君のご両親とお姉さんに会いました。
不思議なことに、君の家族の脅えたような姿と哀しそうな目を見て、私の怒りはスーッと溶けていきました。君だけじゃない、お父さんもお母さんもお姉さんも、苦しんでいることがわかったからです。

この時、私は決めました。家族の君への愛を信じてみようと。きっとこの家族は、やり直しができる。そう感じていました。

亜衣、私が夜の世界でかかわってきた多くの子どもたちの家族は最悪です。
ひどい家庭を見すぎていました。乱暴することによって自分の娘を追い込んだ最低な父親もいます。自分の子どもよりも男を選んだ許せない母親もいます。

でも、君の家族は違いました。

みんなが愛し合っているのに、その愛をどう伝えていいかわからない不器用な家族なのでしょう。へたくそな愛を無理に伝えようとするから、相手を傷つけてしまう。「ハリネズミの親子」の話、君にしたよね。

全身がハリだらけのハリネズミは、愛を伝えようと抱きしめ合うと、お互いを傷つけ合うことになります。君の家族は、まさにそれでした。

それがわかったから、君を家族に託して、あの場を去りました。

君からしたら、「先生、ひどい。冷たいよ」そう感じたことでしょう。

許してください。あの時はそれしかできなかった。君の家族を信じて、変わってくれることを待つしかなかった。

6 —— 幸せ

あの日、先生が私の家にいたのは、わずか10分。

でもね、その10分で奇跡が起きたんだよ。

昨日までは、先生のいう「ハリネズミの親子」だった。求めれば求めるほど、お互い傷つけ合ってきたのに、そのハリがなくなったんだ。私は素直になったし、家族も優しくなった。


先生。

あの夜は、お母さんとお姉ちゃんと、三人でお風呂に入ったんだよ。たぶん、初めての経験。

それから、お父さんとお母さんと、三人で川の字になって眠った。あんなにあったかい夜、生まれて初めてだった。

しかも、不思議だったよ。誰も何もしゃべらないのに、こころが通じ合っているって、実感できたんだ。家族、先生の魔法にかかったのかな？

私、やり直せる、幸せになれる。そう思えた。

でも、先生はあの夜、大変だったんだよね。
ずっと後になってから、仲間たちから聞いたよ。
ありがと、先生。

亜衣。

私は、「この世の中の人に悪い人はいない」そう思っています。本当は、みんないい人になりたい、いい人でいたいのです。

でも、それができない。その理由は単純なことです。

自分のこころに素直に生きることができないから。そして、人を信じるこころを見失ってしまっているからです。


人は、特に君たち子どもは、とっても弱い存在です。一度でも裏切られてしまったり、いやなことをされてしまうと、人を信じられなくなる。

その結果、自分は世の中から見捨てられた存在、そんなふうに思ってしまい、こころを閉ざして孤立する。

やがて自暴自棄《じぼうじき》になり、今だけを生きるようになる。今のほんの少しの快楽のために、大切な明日を捨ててしまう。まさに、君がそうでした。

一方で、こころには「いつまでも、こんなことをしていたらいけない」という声が響いています。

その声から逃れるために、むきになって遊ぶから、どんどん落ちて行く。私はこれまで数え切れないほど、そんな子どもたちと触れ合ってきました。君みたいにこころのきれいな子ほど、落ちていきます。そんな様子を見ていて哀しかった。

亜衣、君のご両親は、確かに君をたくさん傷つけ、追い込んだ。

でも、君のご両親は、決して悪い人ではありません。君もわかっていると思います。

君をいい学校に入れて、有名な企業に就職させ、やがては結婚して、幸せになってもらいたい。そんなありきたりな幸せの価値観しか持っていなかったのです。

この親の価値観こそが、君を苦しめ追いつめたのです。

君の本当の幸せは、こんな価値観なんかでは決まらない。君自身が求め、自分でつくっていくものなのに、それをわかろうとしなかった。

子どもへの本当の愛情とは、いつもそばにいて、守ってあげることです。ギュッと抱きしめるだけで、子どもには十分通じるものなのに、君のご両親は誤解していたようです。ご両親は、いつも頭で君の幸せを考えていたのでしょう。その結果、ことばという刃《やいば》で君を傷つけました。

ご両親からの押しつけの愛情は、君にとっては、とっても迷惑なことだったと思います。

亜衣、どうか許してあげてください。

君のお父さんとお母さん、お姉さんのことを。

もう大丈夫。君の幸せな明日が始まった。私はそう思って、君の家を去りました。

君の周辺をちょっと「お掃除」したこと、バレていたようですね。

君の中学の先輩たち、特に暴走族の中には、私の教え子が何人もいます。

あの夜は、そんな彼らを集めました。そして、後輩たちを呼び出してもらいました。

そこで、君がグループを抜けても、手を出さないように話をつけたのです。もしも、君にちょっかいを出したら、それまで君にしたことをすべて表沙汰にして、私なりの追い込みをかけると、少し脅《おど》しも入れました。

夜の町は恐ろしいところです。

夜の世界に何年もいると、ものの考え方や生き方までも染まります。

私も、「夜回り先生」となって長く夜の世界にいます。こんな時は、どうしても夜の世界の人間の真似事をしてしまいがちで、反省しています。

7 —— 晴れのち……

先生。

私ね、次の月曜日、朝5時に起きたんだ。

お母さんを起こして、頼んだよ「制服のスカートを普通の長さに戻して」って。

それから学校に行ったんだ。化粧もしないスッピンで、朝のホームルームが始まる前に教室に入った。髪は間に合わなくて茶髪だったけど、きちんと自分の机の前に座っていたよ。偉いでしょ？


担任は私を見つけて焦っていたよ。私の様子を見たいくせに、一生懸命視線をはずそうとしていた。

授業中もちゃんと座っていた。先生の生徒になったんだもん、まじめにならなきゃね。だけど、授業はぜんぜんわからなかった。結局、先生の似顔絵をノートに書いて時間を潰した。

それから毎日、遅刻しないように早起きして学校に行った。

先生、私決めたんだ。先生の学校へ進学して、先生の本当の生徒になるって。私、そのために学校でも必死に勉強した。家に帰っても、お姉ちゃんがつくってくれたプリントをやった。プリントを一枚終えるごとに、先生と近づけるような気がしていた。

だから、勉強はつらかったけど、楽しかったよ。

あの日以来、いっぱい話したよね。

先生はいつも夜間高校の授業が終わると、夜回りの前に連絡してくれた。だから、「先生、いつか私も先生になって、先生の夜回り手伝うよ」っていったら、先生は、「夜回り先生は私一人で終わりだ。跡継ぎなんていらないよ。まずは、君が幸せになること」と、なぜかちょっと寂しそうだった。

先生、あれからすぐに相談したよね、家族にはどうしても相談できないこと。すごく恥ずかしかったけど、痒《かゆ》くてしょうがないところがあるって。

先生は、すぐにお友だちの病院に連れて行ってくれたね。病院では、クラミジア感染症って診断された。薬で治るともいわれて、少し安心した。仕方ないよね、いろんな男とヤッたんだから。

ドクターから、「他に気になることはないかい?」って聞かれたから、去年の秋、9月の終わりに微熱が2週間ぐらい続いて、とてもかったるかったこと。それから今回と同じところにブツブツがいくつかできたけど、すぐに治ったことを正直に話した。

そしたら、ドクターの顔色がさっと変わった。目もすごく怖くなった。
ドクターと先生、別の部屋で話していたよね。
それから、「君の親にきてもらうことになった。先生を信じて任せなさい」っていって、病院にお母さんが呼ばれた。

お母さんと先生とドクターの話、長かったよね。

やっと終わったと思ったら、先生から、

「亜衣。一応エイズの検査を受けておこう。万が一のために」といわれた。私、怖かったよ。でも、先生が「一応」っていうんだから、「はい」ってうなずいたんだ。


先生は、私の不安をわかってくれていたね。

検査の日から、一日に何度も、夜回りの途中にも電話をくれた。家にも何度か寄ってくれたね。

お母さんとお父さんは何もいわず、ただ毎晩一緒に寝てくれた。


でも、結果出ちゃったんだよね、「ＨＩＶ＋《プラス》」。

私とお母さんと先生に話すドクターがつらそうだった。

「亜衣ちゃん。エイズは、確かに今は治すことのできない病気だ。

でもね、生きることのできる病にはなったんだよ。薬で発症を抑えて、普通に生活することができる。結婚だってできるし、子どもだって産める。

それにね。いずれ必ず治療薬ができる」

そういって、一生懸命説明してくれるドクターの話なんか聞きたくなかった。

頭がパニック、何も考えられなくなった。

亜衣、学校に戻って一生懸命に勉強している君のこと、いつもお母さんから聞いていました。

でも、君の家からの電話は、結構めんどうくさかったです。

だって、お母さんがひとしきり話した後、必ずといっていいほどお父さんに代わって、また同じ話を聞かされました。

それほど、ご両親は、君が戻ってくれたことがうれしかったのでしょう。そう思っていました。

君が、「私、先生のいる戸塚高校定時制に入る」って、私にいってくれた時のこと、覚えていますか？

私はとてもうれしかったけれど、その反面、ちょっと困ったなと思いました。

なぜなら、あの頃の君は、私に依存したがっていたから。君は、私といればすべてが変わり、幸せがやってくると思いたがっていた。それが、私には怖かった。

君には話したよね、本当の幸せは、人に依存することではこないことを。その時、こんなたとえ話をしたはずです。

「誰かにトイレに行ってもらったら、君はトイレに行かなくてすみますか？　誰かにごはんを食べてもらったら、君のおなかはいっぱいになりますか？

ならないでしょう。トイレは自分で行かなくてはならない、ごはんも自分で食べなくてはならない。

幸せもそれと同じです。自分の幸せは、自分の力でつくらなくてはなりません。自分の人生は、自分の足で歩かなくてはなりません」

君が私を信じる気持ち、私には止めることはできません。

でも、君と同じように、私を必要としてくれる子どもたちはたくさんいます。

君の場合は、家族が君のために変わってくれました。だから、君には家族と一緒に新しい明日をつくってほしかった。

君が、「いつか私も先生になって、先生の夜回り手伝うよ」といってくれたことはうれしかったけど、戸惑いも感じました。

だからいったと思います、「夜回り先生は私一人で終わりだ。跡継ぎなんていらないよ。まずは、君が幸せになること」と。

本当は、夜回り先生なんて、いてはいけないんです。こんな私が必要とされる社会が間違っている。こんな哀しい時代は早く終わったほうがいいと思っています。


私は、あの頃の君のことがとても心配でした。全力疾走で生きる君を少しでも落ち着かせたいと思って、毎日のように電話をしました。

でも、君は聞く耳を持たず、笑顔で明日に向かって猛烈な早さで走り続けていました。


そして、あの日を迎えました。君にとっても、私にとっても、人生で最悪の日でした。

亜衣、エイズ検査の結果は、じつはご両親もお姉さんも私も、君より先に知っていました。

君に話すかどうかを、ドクターも含めて何度も話し合いました。

ご両親は、「せっかくこうやって頑張ろうとしている娘には、絶対に話さないでください」と、ドクターと私にいいました。

私自身、とても悩みました。

でも、私は君に嘘をつきたくなかった。これからエイズと闘っていくためには、君の日常生活の多くを変えなくてはならない。当然、投薬も受けなくてはならない。たとえ今はごまかせたとしても、賢い君ならいずれ察します。だから、最初から嘘はつきたくなかった。

まだ中学3年生の君が、このショックに耐えきれるか、私にはわかりませんでした。

でも、素晴らしいお父さんとお母さん、お姉さんがついていています。君の家族とともに君を支えていこう。その一心でご両親を説得しました。

今から考えると、私の考えが甘かったのだと思います。あの時、あのような形で君に話すべきではなかったと悔やんでいます。

亜衣、私は今から3年ほど前にガンの宣告を受けました。この2年半で4回の手術を経験しました。

ガンの宣告を、私は冷静に受け止めることができました。だから、私から担当のドクターへの質問は、「どのぐらい生きられますか」ということだけでした。そんな私を見て、ドクターは驚いたのでしょう、「水谷先生、まずは切りましょう。完全に切除できれば、まだまだ生きられます」といってくれました。

私はこの時、君のことを思いました。

もしも今、私が中学3年生で、ガンの宣告をされたら、こんなふうに冷静に対応することができただろうか。いいや、きっと、もう自分には明日はないと自暴自棄になってしまったに違いない、あの時の君のように。そう思いました。

そして、あの時、君に話してしまったことは過ちだったと確信しました。今さら取り返しはつきませんが、本当に申しわけないことをしたと思っています。きっと許してはもらえないでしょう。

あの日から、君にとっても、家族にとっても、そして私にとっても、地獄のような日々が始まりました。

8
復讐

あの最悪の日を境にして、私はキレた。夜の世界に逆戻りだよ。

でも、前とは違う。今度は復讐。私にエイズをうつしたのと同じ、すべての中年男に復讐したかった。エイズをうつしてやりたかった。私だけが苦しむなんて不公平だって思ったから。

だから、次から次と「売り」をした。夜の町でピルを手に入れて妊娠だけは避けた。長距離トラックの運転手さんたちに「どっか連れてって」と誘って、静岡、名古屋、京都といろんなところに行った。

京都では一人ぼっちの修学旅行だよ。ぜんぜん知らない中学校の生徒たちの中に紛《まぎ》れ込んで、清水寺や金閣寺をめぐって、気分だけは修学旅行を楽しんだ。

東北も行ったよ。先生が育った故郷を見てみたくてさ。でも、無駄足。ちゃんと住所を聞いていなかったから、先生が育ったところは見つけられなかった。

先生からの電話もウザかったから、携帯も捨てた。

それでも、私、先生に時々電話したよ、公衆電話からの無言電話だったけど。先生は気づいていたよね、私からの電話だって。だから、いつも「戻っておいで。待ってるよ」といってくれた。そんな先生のことばを素直には聞けなかった。

たまに、お姉ちゃんがいない昼間に、家に戻った。お母さんに会っても、完全に無視した。向こうは先生と同じで「待っているから、戻っておいで」っていうばかり。このことばがいやだった、私にはきつかった。きっと、先生がそういうようにって、親に話したんだよね。

あれは先生の失敗だよ。先生は子どもたちを叱らない人だっていうのは知っている。

でもね、私たち子どもには叱られたほうが素直になれる時や、怒鳴られたほうが楽だって思うこともあるんだよ。

あの時の私はそうだった。本当は叱られたかった、怒鳴られたかったんだ。

こんな生活を8ヵ月近く続けた。

昔の仲間や先輩からは聞いていた、先生が必死で私を探しているって。でも、見つからなかったね。私、横浜にはあんまりいなかったから。

それでも、クリスマスイブの日、家に戻ろうとしたんだ。

夜遅く家の前まで行ったら、うちが死んでいた。毎年お母さんとお姉ちゃんが飾っていたクリスマスツリーがなくて、外から見ても家中暗いのがわかった。

また、家族を壊しちゃった。みんな私のせいなんだ。そう思ったら苦しくて、逃げるようにして家から離れた。

暮れからお正月は、夜の居場所を見つけるのが大変なんだ。

おやじたちはみんな、そそくさと家に帰っちゃう。当たり前か、家族がいるから。

お正月くらい、親としていい格好したいんだよね、きっと。

私、ヘマしちゃった。

年が明けてから、一人のおやじに声をかけたんだ「援助してくれない？」って。そうしたら、笑い話、警察だった。

交番に連れて行かれたけど、私はひとこともしゃべらず、ふてくされていた。

だけど、親も先生も、私の捜索願を出していたんだね。

そのままパトカーに乗せられて、今度は警察署に直行だった。取り調べを受けていたら、親と先生がきてくれたよね。親は泣いてた。先生は私を見て「やっと、戻ってきたな」といった。ひどいよ、戻ったわけじゃない。捕まっただけだよ。

素直にいうよ。あの時、私、ほっとしたんだ。本当はいつも戻りたかった。

どうせ、エイズで死んじゃうんだから、私なんかどうなってもいいと思っていた。

それに、親もお姉ちゃんも私のことなんか忘れて、幸せになってくれればいいとも思った。でも、そんなこと、できるわけないんだよね。

そういえば、先生、警察署でまた無茶なことをしたよね。私知ってるよ。でも、おかげで家に戻ることができた。

あの夜のことは忘れない、何ヵ月かぶりにぐっすり眠れたから。でも、先生はいつも冷たい。せっかく家まで一緒にきてくれたのに、「また、明日きます。亜衣、ゆっくり休むんだよ」といい残して帰っちゃった。

亜衣。

君が家出したあの日から、私はご家族に謝り続けました。

そんな私に、君のお姉さんは助け舟を出してくれました。

「これも、亜衣が明日を拓《ひら》くための大事なステップだから、みんなで待ってあげましょう」優しいことばが、こころにしみました。


亜衣、君のことを探したんだよ。

可能な限りのつてを頼って、君を探し出そうとしました。

君は、それを知ってか知らずか、とにかく私の捜査網をうまくかいくぐって逃げましたね。もう一歩で君を見つけられる、そんなことが何度もありました。

君には話さなかったけど、ご両親とお姉さんは君の写真を手に、横浜の夜の町を毎日のように、君を探して歩き回っていました。一度、お父さんに「それは、私の仕事です」といったら、すごい勢いで「亜衣は、私の娘ですから」と怒られました。

君の家族が決めていたことがあります。

君が家に戻った時、君を責めないこと。君が帰った時、ゆっくり休めるように、いつも君の部屋をきれいにしておくこと。君がおなかをすかして帰ってきた時のために、いつもテーブルの上には食事を用意しておくこと。

君も気づいていたと思います。


私が決めていたこともあります。

ともかく、ひたすら待つことです。ご両親にも「ともかく待ちましょう」と、何度繰り返したかわかりません。

きっと君は、自分のしていることに気づいてくれる。そう信じていました。冷たいと思うかもしれませんが、君自身が気づかなければ、私たちが何をしても無駄だと思っていました。

今も忘れられません。1月3日、午前1時。

夜回りをしていると、携帯電話が鳴りました。君のお母さんからでした。警察署から君を捕まえたという連絡を受けたから、一緒にきてほしいという呼び出しです。夜回りを切り上げ、すぐに君のいる警察署に向かいました。久しぶりに会った君は、疲れ果てて見えました。

やっと会えました、戻ってきたんだね。君のご両親も私も喜んだ。よく考えたら、おかしいよね。自分の娘や生徒が警察に捕まって、うれしいと感じるなんて。でも、それが、あの時の私たちの本音でした。

だいたいの事情は少年課の人から聞きました。君の取り調べには、君を捕まえた警察官と婦人警官が当たっていました。私は焦りました。このまま調書が取られ、君がそれに押印すれば、正式に逮捕されてしまう。身柄は留置所です。何としても君を家に連れて帰りたかった。だから、暴れました。

ちょうどうまい具合に、君は中高生の遊びの正装でした。初めて会った時と同じ、中学の制服にルーズソックス。それにキティちゃんのサンダルを履いていた。「しめた！」と思いました。

だって君は、どこから見ても中学生。しかも中学校の制服まで着ています。そんな君を、警察官は誘われる前になぜ補導しなかったのか、私はそこを責めました。

「警察の仕事は犯罪を予防することが第一であって、犯罪をつくることではないでしょう。でも、今回の逮捕はおとり捜査ですから、犯罪をつくっていることになります」警察官に向かって、君のお父さんと二人でそこまでいいました。「新聞記者を呼ぶ、弁護士を呼ぶ！」って、大声で叫びもしました。

君は、取調室にいたからわからなかったでしょうけど、君のお父さんはもう少しで、警察官の胸ぐらをつかみそうだった。もしつかんでしまったら、公務執行妨害の現行犯で、お父さんが留置所に入るところでした。

最後は、当直だった副署長が出てきて、「今回だけは」ということで釈放になりました。私は怒っているふりをしながら、こころでは「やったぁ！」と叫んでいました。

亜衣、今だからいいます。

あの時、私は焦っていました。君の顔つきやからだを見て、君が覚せい剤を使ったことがわかったから。

もしも尿検査をされたらそれまでだ。そう考えて、ハラハラしていました。

たとえば、君に病気がなかったら、逮捕されても仕方ない、そう思ったでしょう。

でも、あの状況の君を留置所に入れ、鑑別所に送り、施設に預けるなんてことは絶対にしたくなかった。

私は法律的にも、一人の教員としても、してはいけないことをしました。

当然、罰せられなくてはなりません。もしかしたら、私は取り調べを受けることになるかもしれません。

たとえそうなったとしても、私は胸を張ってその罰を受けます。今も、あの時、自分がしたことを間違っていたとは考えていません。自分に恥じることはしていないと思っています。

ようやく、君は戻ってきてくれました。

9　再生

先生は次の日、朝一番に私の家にきてくれたね。

きっと、徹夜だったんだよね。目の下にクマができていた。

「先生だよ」お姉ちゃんが私を起こしてくれた。

私は2階から転がるようにして階段を下りて、そのまま、先生に抱きついた。そしたら、「やめなさい」っていって、先生は私の手をそっとほどいたね。私、少し傷ついたんだよ。

先生はハグが大嫌いだもんね。でも、ハグはいいんだよ。こころとこころが通じ合える気がするから。

午前中、お父さんやお母さんと話をしながら、先生はいろんなところに電話していた。それで、やっと、先生のお友だちの病院に入院させてもらえた。

うれしかったよ、このまま家にはいられないと思っていたから。

お母さんとお父さん、お姉ちゃんは毎日面会にきてくれた。お母さんなんて朝から夜まで病院にいるんだよ。

先生は……冷たかったな、面会は週に1回だった。私、エイズについていっぱい勉強した。先生のお友だちのドクターも看護師さんたちも優しかった。だから、エイズと闘ってみようって、負けないぞっていう気持ちになれたんだ。

しばらくして、ドクターから退院許可が下りたから、家に戻って家族みんなで毎日過ごした。

先生が「中学は、休もう」そういってくれたのもうれしかったな。お母さんの手伝いを毎日したよ。お料理もいっぱい覚えた。始めて気がついたけど、うちのお母さん、ピアノだけじゃなくて、お料理も上手なんだ。私がつくったビーフシチュー、1回、先生に食べてもらったよね。あれ、結構手間がかかったんだ。デミグラスソースはちゃんと鶏ガラからスープを取って、小麦粉だってバターでじっくり炒めて……、お母さんに教わって、全部私が仕込んだんだ。先生はおいしそうに食べてくれたね。

でも、先生のワインを使う話はよけいだったと思うな。私、ちょっとふくれた。

家族四人で初めて東京ディズニーランドに行った。お父さんがオフィシャルのホテルを予約してくれた。すごくかわいい部屋だった。

お父さんは「高いところは苦手だ」っていって、アトラクションには乗らなかったけど、お母さんとお姉ちゃんと私は乗りまくった。すごく楽しかったよ。

先生に聞いたことあるよね「ディズニーランドに行ったことある?」って。そしたら先生、不機嫌そうに、

「あるよ、高校の遠足で生徒を引率した。でも、あそこは許せない、二度と行かない」そういったよね。きっと、何か事情があったんだよね。

家族そろって、温泉にも行った。

大分県の湯布院温泉というところ、生まれて初めて飛行機に乗ったんだ。羽田空港から飛び立って、しばらくすると富士山が見えた。飛行機から見る富士山、すごくき

れいだった。

大分県ではレンタカーを借りて、いろんなところを見て回った。お父さんは「夏には、海外旅行に行くぞ！」っていって、張り切っていた。

先生は、

「亜衣、来年は高校進学だぞ。ただし、私の学校は駄目だ。ちょっと君とかかわりすぎているから」

そういって、4月から家庭教師を紹介してくれた。先生の教え子なんだけど、思いっきりダサい。先生がよかったのに……。仕方ないか、公務員はアルバイト禁止だもんね。


小学校6年の時以来かな、滅茶苦茶勉強した。

先生はいろんな高校の資料を持ってきてくれたね。資料を読んでもよくわからなかったから、制服だけを見てたんだ。そしたら、すごくかわいい制服があって、気に入った。私が、「ここに行きたい！」っていったら、「亜衣、いいセンスだ。この高校はキリスト教のミッションスクール。校則が厳しくて、君にはちょうどいい」っていって喜んだね。感じ悪いよ、先生。

夏には、家族のヨーロッパ旅行が実現した。パリとローマとウィーンを回った。どの町も、おとぎ話の世界のようで、とてもきれいだった。先生も昔、ヨーロッパに住んでいたんだよね。

出発する前に、先生は教えてくれたね。「ヨーロッパの都市は、とても美しい。でも、そこには、たくさんの人の血と汗と涙が流されたんだよ。アジアやアメリカやアフリカの国を支配して、そこからたくさんのものを奪ったという歴史があるんだ」このことは、ずっと忘れなかったよ。

買い物もいっぱいしたよ。先生の好きそうなまじめな服を、お姉ちゃんとおそろいで買ったんだ。お母さんも大きなお姉ちゃんみたいに若返っていた。お父さんはいつも私たちの荷物持ちだったけど、うれしそうだったな。

お母さんとお姉ちゃんと私、三人で買ったばかりのおそろい服を着てローマの町を歩いたんだよ。お父さんはダサい服だったけど、ずっと私たちの写真とビデオを撮ってくれた。

名前を忘れちゃったけど、有名な噴水では、三人で後ろ向きにコインを投げた。知ってた？ 先生。あの噴水、コインの枚数で効果が違うんだってさ。1枚だとまたローマにくることができて、2枚だと愛する人と結ばれて、3枚だと離婚することができるんだって。お姉ちゃんは1枚、私は2枚、お母さんは3枚……投げるふりして、父さんを焦らせておいて、結局、2枚投げていた。

パリでは、家族みんなで先生にお土産《みやげ》を買った。ヘビースモーカーだから、クリスタルの大きな灰皿。先生に渡した時、重くて落としそうだったね。今も使ってくれているかなぁ。

写真を見て、先生とヨーロッパの想い出話をたくさんしたね。私が話すより先生のほうが、想い出をいっぱい聞かせてくれた。

クリスマスには家族みんなでツリーを飾った。サンタさんもきたよ、たくさんのプレゼントがツリーの下に置かれていた。お父さんサンタだね。

お正月は鎌倉に初詣にも行った。先生は、きっとその時間、夜回りだったんだよね。

あの1年ちょっとの間、私の人生で最高に幸せな日々だった。

でも、私が幸せになるたびに、先生は私から離れていった。

先生は、きっとこういいたかったんだね「幸せな子どもに、夜回り先生はいらない」って。もちろん、頭ではよくわかっていたけど、こころは寂しかった。

たまに電話しても、返ってくるのは「幸せか？　よし、よかった！」だけ。先生を必要としている子どもたちは、星の数ほどいるんだろうけど、私だって、先生の生徒でいつまでもいたかったんだ。

忘れられないのは、高校の合格発表の日のこと。

みんなより1年遅れだし、入試もあんまりできなかった。

「たぶん落ちてるから、一人で見に行く」っていったのに、結局、お父さんが車を出してくれて、家族全員で行くことになった。

学校近くの住宅街に車を止めて、みんなで歩いた。もしも落ちていたらって思うとドキドキした。

学校の門をくぐってから受験番号が貼られている掲示板まで、できるだけゆっくり歩いた。永遠に着かなければいいのにって思った。心臓がバクバクいっているのがわかった。

掲示板の前、私はゆっくり見上げた。

先生、あったんだよ、私の番号が。今も覚えてる、１１７番。

私が「あったぁ！」って叫んだら、お父さんは「どこだっ！」って必死に探した。

それからみんなで抱き合って喜んだ。

すぐにお姉ちゃんが、「受からなかった人もいるんだから、ここであんまり喜んじゃ駄目」って小さな声でいってくれた。しっかり者のお姉ちゃんです。


合格の手続きを終えて、お父さんの車に戻ったら、何と駐車違反の札がフロントウィンドウにしっかり挟まっていた。お父さんは「ゴールド免許がなくなる……」って、へこんだ。かわいそうだけど、ちょっと笑っちゃった。


そのままみんなで食事をして帰ったんだ。

お父さん、おかしいよね。「受験に勝ったから『カツ』だ」っていってきかない。

お姉ちゃんが、「カツは、受験前に食べるものでしょ?」そういっても、「駄目だ、カツだ」お父さん、まるで駄々っ子みたい。仕方がないから、とんかつ屋さんでみんなでカツを食べたよ。お父さんがカツにこだわる理由はわかっていた、生ものは食べないほうがいいっていう私のからだのためだね。でも、本当は私、お寿司が食べたかったな。

私も家族も、合格がうれしすぎて有頂天になっていたから、先生に伝えるのをすっかり忘れていた。

翌日、まずいって思って、慌てて電話した。「心配してたのにな……」っていう、先生の声が少し怒っていた。

亜衣、ごめんね。

君が家に戻ってからの日々のこと、私はくわしく知りません。

君のご家族、特にお姉さんとは、頻繁《ひんぱん》に連絡を取り合っていました。

一方で、君にはできるだけ連絡しないようにしていました。


たまに連絡した時の君のいいたいこと、すごくわかりました。

でも、亜衣、それは贅沢《ぜいたく》です。

君には、やっと最高の家族になれた、お父さんとお母さん、お姉さんがいます。

私は、それを邪魔したくなかった。こんないい方は、きれいごとかな。

正直に話せば、あの後も、たくさんの子どもたちとかかわり、忙しく動いていました。その子どもたちの大半には、愛してくれる家族がいません。

君には、最高の家族がいます。だからこそ、君はご家族の元で暮らすほうがいいと判断したのです。

君がつくってくれたビーフシチュー、おいしかったです。お世辞ではなく、本当においしかった。

ワインの件は、ごめんなさい。でも、肉を炒めた後にもっとワインを入れて、強火でフランベすれば、一段とおいしくなります。これは私の秘伝のつくり方です。いけない。またよけいなことをいってしまいました。教員ですから、知っていることは、どうしてもみんなに教えたくなってしまうのです。悪い癖ですね。


ディズニーランドには、今も怒っています。

ディズニーランドでは、入場後に外へ出たい時は、再入場時に確認できるように人の手にスタンプを押します。

みんなに夢を与える場所なのに、いくら無色無害といっても、そこに人を疑う不信のこころがあります。私はそれを許すことができません。

亜衣、考えてごらん。

たとえば、私たち教員が、どんな理由があるにしても、生徒の手にペンで何かを書いたら、処分を受けることになります。他人のからだに直接書くという行為は、それほど重いことなのです。

世の中には、やっていいことと、やってはいけないことがあります。これは、絶対にやってはいけないことです。

遠足の引率で行った時は、手にスタンプを押すことに文句はいったけど、生徒たちのために我慢しました。

温泉、いいなぁ。

湯布院温泉、行ったことはないけど、名前は聞いたことがあります。その近くの別府という有名な温泉町で、講演をしたことがあります。

君の家庭教師をしてくれた教え子は、高校の社会科の教員になりました。剣道部の顧問をしながら、バリバリ仕事もするいい教員です。

彼とは、今も1、2年に一度は会います。本当は、君の想い出話をしたいのですが、話すことができないまま、この年月が過ぎました。

やっと今、話せそうな気がします。次に会った時は、二人で君のことをたくさん話しましょう。


家族でのヨーロッパ旅行、うらやましかったです。

君の旅行の話を聞いていて、私の青春の日々がよみがえってきました。

私は、青春時代に3年ほどヨーロッパで過ごしました。貧しかったし、いつもおなかをすかせていましたが、いつかは戻りたい、故郷のようなところです。

その毎日は、今想い出しても楽しく、キラキラと輝いていました。

パリやローマ、ウィーンの街角、さまざまな国の友人たちと熱く語り合ったカフェ。

あの頃の私には、たくさんの夢がありました。

年を取るということは、そんな夢を一つずつ捨てて行くことなのかもしれません。

そうやって、私はこの人生を歩んできました。

でも、夢は捨てるばかりではありません。新たに得た夢もたくさんあります。たくさんの子どもたち、そして亜衣、君もそうです。それでいいんです。

亜衣、ローマで君たちがコインを投げ入れた噴水は、トレビの泉です。私も20歳の時に行きました。その時、後ろ向きで投げたコインは……、当然、2枚。ご利益があるかどうかは、トレビの泉の神のみぞ知る、ですね。

亜衣、合格おめでとう。

よく勉強しました。野球にたとえたら、9回裏の逆転満塁ホームラン。奇跡的な大逆転でしたね。

君が高校に無事合格したことは、発表の日から知っていましたよ。

君のことが心配だったから、家庭教師から君のお母さんに電話をしてもらい、合格の知らせを聞いたのです。

その日のうちに、君自身が知らせてくれなかったから、少しすねていたことは事実です。君からの電話をずっと待ってたんですから。

翌日の電話の君の声、弾んでました。君の新しい明日が始まる。そう思うと、私もうれしかった。

10
平穏

4月からは晴れて高校生、大好きな制服で高校に行けるんだ。そう思っただけで、久しぶりにこころが弾んだ。

先生に見せに行ったよね、私の制服姿。

先生、ひどいよぉ。「スカート長いな、合格！　革靴、よし！」

私の服装を、生徒指導の先生みたいに検査した。それでも、うれしそうな顔で私の晴れ姿を見つめてくれた。

クラスメイトは、1つ年上の私を仲間として受け入れてくれた。学校の先生たちもすごく優しく接してくれた。

ただし、宗教の時間の担当だった若い牧師さんだけは苦手だな。話が長くてつまんないんだもん。

しかも、内容も意味不明。キリストさんは素晴らしい人だとは思うけど、よくわかんないことしてる人のことを、なぜ、古い本で勉強しなくちゃならないのかわからなかった。先生に話したら、「いずれわかる」のひとことで片づけられた。私は「絶対わかりたくない！」って叫んでたよね。

勉強は苦手だったけど、あのダサい家庭教師は、高校に入ってからもずっと家にきてくれた。

だけど、先生はどんどん遠くなった。私の電話にも出てくれなくなった。

私ね、本当は野球部のマネージャーになりたかったんだ。私のチームが甲子園に出場するのが、小学校の頃からの夢だった。

でも、最悪だね。私の選んだ高校は女子校だから、野球部なんてない。ソフトボール部はあったし、強かったけど、甲子園には行けない。あぁ、選択を間違えたよ。

ドクターからは、からだに無理をさせないことって約束させられた。だから、運動部の部活には入れなかった。

私、運動神経はいいと思うよ。夜の町でいろんなやつから走って逃げたけど、捕まったことがないもん。

毎日が夢を見ているみたいで、過去のことが嘘のように消えていった。空も海も、夜の暗闇まで、昔とはまったく違って見えた。温かい家、優しい学校、まるで天国にいるみたい。手を伸ばせばつかめるくらい、幸せがそこらじゅうにあった。

でもね、先生。

1つだけ、こころに引っかかってることがあった。それは、高校の仲間や先生たちに、エイズを隠していること。私、昔から嘘をつくのは嫌いだった。だから、後ろめたさを感じた。

思いきって、先生にそのことを打ち明けたら、先生の答えはナイスだった。「聞かれたら、話せばいいんだよ。聞かれないのに話す必要は、今はない」確かにその通りだと思う。でも、胸の奥は晴れないままだった。

亜衣、君の制服姿、ものすごくまぶしかった。

似合っていたよ。何より、それを誇らしげに着ている君が最高でした。入学できたことが、本当にうれしかったんだね。

「亜衣の入学祝いを、中華街のお店でやるので、ぜひいらしてください」

君のお父さんからご招待がありましたが、私はお断りしました。

前に話したことがあるよね。私は、かかわった子どもたちの結婚式には出席しないって。

だって、当たり前でしょう。人生のハイライトともいえる結婚式に、人生で一番つらい時に出会った私がいてはいけないんです。つらい時を、想い出す必要なんてない。

つらい過去とともに、私のことも忘れてくれていいんです。

君も同じです。私がいることによって、つらかった昔のことを想い出させたくなかった。

でも、お父さんは、何度も何度も連絡をくれました。とうとう「家族だけの食事会です。先生に出席いただけないのなら、入学祝いの会は中止にします」といって、私をびっくりさせました。でも、おかげで出席する気持ちになりました。

亜衣、とても楽しくて幸せな入学祝いの会でしたね。

私は、昼間からお酒を飲むことはしません。お酒は、夜の世界のものだと思っているからです。

そんな私が、お父さんにすすめられ、昼からお酒を飲みました。とても珍しいことなんですよ。ついつい飲み過ぎてしまいました。本場の中華料理の味も最高でした。

当時の君は、全力で生きていましたね。

家族との触れ合いはもちろんのこと、学校生活で今まで失っていたものを、必死で取り戻そうと努力していました。見ていて、痛いほどわかりました。

亜衣。

君には話さなかったけど、病気のことは、学園長先生や担任の先生には、ご両親が伝えていました。

私も、君があの高校を受験すると決めた時に、学園長先生に直接お会いして、受け入れてくれるか否かの確認をしていました。

君の病気のことを知った後の学園長先生のことばは、見事でした、「私の学校で学ぶことに、それが何か問題なのですか?」。感服しました。

正直にいいましょう。もし、私の勤務している学校だったら、すぐに職員会議が開かれたでしょう。

そして、賛否両論、喧々諤々《けんけんがくがく》。でも、結論は出ず。

結局は、市の教育委員会の判断をあおぐ、となっていたはずです。

11
発症

秋が終わる頃、私のからだは悲鳴を上げた。

薬を飲み続けても、薬の種類を替えても、微熱と咳《せき》が止まらなくなった。

大好きな高校に行けなくなった。

12月に、とうとう入院した。

先生は病院まできてくれたね。あの日、先生はだいぶオロオロしていたよ。その姿が妙におかしくて少し笑っちゃったけど、すごくうれしかった。


先生、私、ずっと前にいったよね「エイズについて、いっぱい勉強したよ」って。

だから、発症したことは自分でわかった。

でも、家族やドクター、看護師さんや先生までもが、それを隠そうとした。あれは、いやだよ。


私、前の時みたいに、ふてくされていないよ。こう考えることにしたんだ。

「人にはみんな、神様が決めた寿命がある。これが、私の寿命なんだ」って。

先生と出会っていなかったら、今頃私は……、そう思っただけでぞっとするよ。きっと私、夜の世界で、あの汚い世界で、みんなを呪って死んでいった。でも、私は先生と出会えた。家族とちゃんとわかり合えた。楽しい高校生活も送れた。幸せな日々を過ごせた。それで十分なんだって。

夜になると、へこたれそうになる自分に、こうもいい聞かせた。

「お母さんやお父さん、それにお姉ちゃんは、私よりもっとつらいはずだ、頑張らなくちゃ。今まで、心配と迷惑をかけたぶん、少しでも恩返しして、旅立たなくちゃ」って。

入院してから、先生は病院に毎週きてくれたね。お見舞いは、講演で行った先で買ってくれたキティちゃんグッズ。先生は、私がキティちゃんを大好きなの、知っていたからね。

「先生から100個キティちゃんもらうまで、私、死なないよ」って冗談っぽくいったら、先生怒った「ばかなこというな。それなら、99個しかあげないよ」って。

結局、100個もらえなかった、71個だった。

覚えている？　高松空港で買ってきてくれたお遍路《へんろ》さんのキティちゃん、あれが最後の1個だった。

きっと先生は、この先も私の家にくるたびに、キティちゃんを持ってきてくれるんだろうなぁ。受け取る私は、もういないけど……。

先生、お友だちのドクター責めちゃ駄目だよ。私の病室から帰る時に、ドクターに向かって「何とかしてくれ！」って、厳しい声でいっているのが、いつも聞こえていたよ。

1月、2月、3月。

私、ずっと闘ったよ。負けるもんかって。

でもね、勝てないんだよ。駄目なんだ。

私のからだの中のこいつ、私をむしばんでいく。こいつのほうが私よりずっとずっと強いんだ。

亜衣、君が発症したこと、お父さんが連絡してくれました。入院したことも。

私は、すぐに、ドクターに連絡しました。

彼も困っていた。「水谷、薬が効かないんだよ。最新の薬も使ってみた。でも、効かないんだよ」電話の向こうで、頭を抱えているのがわかりました。

「亜衣には、知らせたのかい?」私は、聞きました。「いや、まだだ。過去のこともある。今は、知らせるべきではないと、ご家族と話し合った」と、彼は答えてくれました。

私も「そのほうが、今はいい」そう考えていました。

でも、君は、知っていたんだね。

すぐに病院を訪ねて、君と会いました。

ご両親からは「会うのは少し待ってください」といわれましたが、どうしても、会わずにはいられなかった。

亜衣、この日のことは、ほとんど記憶がありません。

君の大好きな、かすみ草の花を持って行ったことは覚えています。

花屋さんで、「お見舞いの花束を、かすみ草だけでつくってください」と頼んだら、すごく不思議そうな顔をされました。かすみ草だけで花束をつくる人は、いないみたいです。

病室で、何を話したのか、どれくらい君のそばにいたのかも覚えていません。

病院を後にして、第三京浜を通って学校に向かう途中、ハンドルを思いっきり叩きながら泣いたことは覚えています。何もできない自分に腹が立ちました。

つらいだろうに、それを耐えている君の姿を見ているのがたまらなかった。


時間のあるたびに、君のいる病室に通った。

そうはいっても、1、2週間に一度くらいしか行けなかったけど。

君はキティちゃんが好きだったから、講演先では、いつもご当地キティちゃんグッズを買って、それを持って行ってたね。

君の口から、

「先生から100個キティちゃんもらうまで、私、死なないよ」ということばが出た時は、心底ドキッとしました。

すぐに、「ばかなことをいうな。それなら、99個しかあげないよ」そう答えていた。

君は、いつも通り口を一文字にして、怒ったふりをしていましたね。


君に、最後にあげたキティちゃんはもちろん覚えています。

高松空港で、いつも通りキティちゃんグッズを買おうとお店に入り、最初に目と目が合ったのが、あのキティちゃんの人形でした。

よく見ると、白装束《しろしょうぞく》のお遍路さん姿です。縁起がよくないかもしれないからと思って、一度は買うのをとどまりました。でも、どうしても君にあげたかった。

12 ―― 約束

先生、ひどいよ。

3月の終わりからずっときてくれなくなった。わかるよ、気持ちは。私の親もお姉ちゃんも、私のところにくるとつらそうだから。私が、どんどん死に近づいていること、私の姿を見ればわかるよね。

お父さんなんて、強がるか泣くだけ。私のほうがよっぽどつらいのにさ。

でもね、先生がこないのはひどすぎる。

「水谷先生を呼んで」って、何度か、ドクターに頼もうと思った。

でも、やめた。先生のつらさ、わかっていたから。

それにもう、今の私に先生ができることは何もないから。

毎日つらくて、先生の本を読んでは泣いた。先生の写真を抱きしめて眠った。

5月の連休の後、ドクターが先生に連絡したんだよね。

先生は、突然、私の病室に現れた。それも朝の8時に、病室のドアを乱暴に開けて入ってきた。先生、病院に迷惑だよ。それに、失礼だよ。

私と目が合った瞬間、先生は私の枕元の椅子に腰をおろして、私のシーツをつかんで突っ伏した。

先生は泣いていたんだよね、私の変わり果てた姿を目にして。顔は骸骨みたい、からだは枯れ枝、からだじゅうに斑点、唇も真っ黒な私がいたから。

つらいのは、わかるけど、夜回り先生なら、泣いちゃ駄目なんだよ。

先生は、日本一強い先生でいなくちゃ、子どもたちを救えないんだから。

私、しょうがないから、もう持ち上げることのできない手を、一生懸命ベッドの上で這《は》わせた。

そばにいた看護師さんが、「手伝おうか」って、いってくれたけど、「自分で、自分で……」って答えて、先生の髪を指でなでてあげたよね。「いい子、いい子」って。

先生、ごめんね。

本当は、先生をハグしてあげたかった「先生、ありがとう」って。

でも、もう、からだがいうこと聞いてくれない。あれが、私の精一杯だった。先生、ごめんね。

しばらくたって、先生は私の両手を握りしめてくれた。温かかった。もう私のからだ、自分で自分を温めることできなかった。

それから、先生は私の目を見つめてくれた。先生が私の目をあんなにじっと見つめてくれたの、あの時が初めてだった。先生の目、私の大好きな青空のように澄んでいた。でも、うっすらと涙がにじんでいて、とても哀しそうだったよ。

そんな姿を見て、私、先生にあることをお願いする決心をしたんだ。

先生は、何かしてないと潰れちゃう弱い人。先生は、「違うよ」っていうだろうけど、先生と知り合った子どもたちは、みんな知っているよ。先生は弱い。正直で弱い。だから、いつも、子どもたちのために動き回ってるんだね。

私、本気で先生に頼んだんだよ。

私のことを、すべての講演で話してって。

亜衣っていうばかな女の子がいて、親のひとことでふてくされ、中1から派手な格好で夜の世界に入った。夜の世界で乱暴され、からだを売らされ、エイズになった。

そして、もだえ苦しんで死んでいったことをみんなに伝えてほしいんだ。


特に後輩たちに教えてほしくって、2つのことをいったよね。

1つは、人の美しさは、外見じゃない。髪の色や派手な化粧や着飾った服装なんかじゃない。その人の生き方やこころの中にある、優しさだってこと。

もう1つは、夜の世界は嘘の世界。傷ついた者同士が、お互いにすがり合って、潰れていく世界だってこと。幸せなんて、これっぽっちもない。幸せは、昼の世界にしかないって。


もしも、先生が話す亜衣の話を聞いて、夜の世界から昼の世界に戻ってくれる子が一人でもいたら、私が生きていたことが、意味のあることになるもんね。

それにね、もしも、亜衣の話を聞いて、昼の世界から夜の世界に行こうとしている子を一人でも止められたら、天国に行った時、神様が「亜衣ちゃん、よくやった」って褒《ほ》めてくれるかもしれないもんね。

先生の講演で、私が生きた証を聞いてくれたら、きっとたくさんの子どもたちが救われる。そう考えたら、少し楽になった。

亜衣、４月になって、私は君の病室に行けなくなった。

君と会うことがつらくて、君から逃げていた。ご両親もお姉さんも、きっとそんな私のことをわかっていたと思う。だから、そっとしておいてくれた。

その間、何度か、病院まで行ったことはあります。君の病室のドアの前まで行ったこともあります。

君が、ずっと待っていることはわかっていたけど、どうしても、君と会うことができなかった。変わっていく君とどう向き合えばいいのか、あの時の私には、わからなかった。


５月の連休の後、ドクターから電話がきました。

彼は開口一番、「水谷、体調が悪いのか」そう、聞きました。

私は答えました「私は教員。子どもたちの明日をつくる手伝いをすることが、私の仕事。そんな私でも、かかわった子どもの死と向き合うことはつらいんだ」と。

彼は、私に教えてくれました。君が私の本を読んでは泣いていること。私と撮った写真を抱きしめて眠ることを。そして、最後にこういいました。

「亜衣ちゃんは、自分からは決していわないけれど、水谷にきてほしいんだよ。亜衣ちゃんのわずかしかない明日に、お前が必要なんだ」そのことばを聞いて、私は君の元を訪ねることを約束しました。


翌日、私は、朝早くに車で家を出ました。

車を病院の駐車場の一番端に止め、そこから一気に走りました。階段は2段飛びで駆け上がりました。もしも立ち止まったら、会う勇気が消えてしまう。それが怖かったのです。病室のドアを一気に開けて、入りました。


ベッドに横たわる君の姿を一目見たら、つらさと哀しみがどーっと押し寄せてきました。弱い先生で、ごめんなさい。

本当は絶対に泣いてはいけないこと、頭ではわかっていましたが、こころがそれを許してくれませんでした。

でも、君は、そんな私を責めませんでした。

必死に這わせた手で、私の髪をなでてくれましたね。私は、そんな自分が情けなくて、さらに泣いていました。

亜衣、あの時は、君が私の先生でした。

あれから、君が私にかけてくれたことばは、あまりにも衝撃でした。

きっと、無様《ぶざま》で情けない私の姿を見かねて、いってくれたのでしょう。

君は、私に宿題を出しました。君のことを、私のすべての講演会で、君の後輩である中学生や高校生、10代の子どもたちに話すという約束です。

本当はありがたかった。君のことを聞いたら、夜の世界から昼の世界に戻ってくれる子どもたちはいる。また、昼の世界から夜の世界に行くことを思いとどまる子どもたちもたくさんいる。そのことは、前からわかっていました。

だから、君との約束通り、君が亡くなった日から、ほとんどの講演会で君のことを話しています。

亜衣、たくさんの君の後輩たちが、君のおかげで、救われています。ありがとう。講演会では、みんなが君のことを思って泣いてくれます。でも、君のことを語る私は、ずっとつらいままです。

亜衣、もしかしたら君は、日本で一番多くの涙をプレゼントされた子かもしれませんね。

13

別れ

先生はあの日以来、たくさん私のところにきてくれた。

あの時、先生は本を書いてたんだよね。書き上がった原稿を持ってきては、「亜衣、君がこの本の最初の読者だぞ」っていって、病室で読んでくれたね。

「この本で、きっとたくさんの子どもたちが救われる。たくさんの大人たちが、夜の世界の子どもたちに優しくなってくれる」そう話す、先生の目が輝いていた。

「この本に出てくる人たちみたいに、いつか、亜衣のことも書いてね」って頼んだら、「君が元気になったらな」だって。

先生は時々残酷だよ。亜衣がもう駄目なこと知ってたくせに。先生が哀しむといけないから、私は「はーい」って答えたけど。

先生と病室で過ごした時間、とっても幸せだったなぁ。部屋の隅で、時々グスングスン涙ぐむお母さんは、ちょっと邪魔だったけど。

梅雨《つゆ》に入ると、私の症状がどんどん悪化した。先生とも直接触れ合うことできなくなった。

いろんな感染症との闘い。下がらない熱、とまらない咳、からだじゅうの痛み。つらくて泣いてばっかり。

ドクターは、「梅雨が終わって、夏がくれば楽になるよ」っていってくれたけど、嘘にしか聞こえなかった。死がそこまで近づいてることを知っていた。

夜はずっとお母さんがついていてくれたから泣けなかった。これ以上、お母さんを苦しめたくなかったから。

でも、病室に誰もいなくなると、泣きもだえた。


7月13日の朝、ドクターが私とお母さんにいった。「明日のお昼から、麻酔を使います。亜衣ちゃんを少し楽にしてあげたいからね」

先生、私ね、気づいちゃったよ。「あぁ、もうすぐ最期なんだ」って。麻酔で痛みを緩和して、麻酔の量を増やしていって、そして旅立つんだって。

ドクターは部屋から出る時に、「亜衣ちゃん、今夜、水谷先生が仕事を終わらせたら、きてくれるって連絡があったよ」とさりげなくいった。先生に会えるのはうれしかったけど、やっぱり、私はもうおしまいなんだってわかって、哀しかった。

先生、それからが大変だったんだよ。

私ね、最後のわがままをたくさんいったんだ。お母さんに、「今夜はきちんとした服で先生と会いたい。だから、お願い。家から制服持ってきて」って。それから、「窓際には、先生が大好きなかすみ草を飾ってほしいな」って。

お母さんは急いで家に戻って、制服を持ってきてくれた。でも、ブカブカで格好悪すぎ。だから、お母さんと看護師長さんが、私のからだに合わせて制服を小さくつめてくれたんだ。

かすみ草は、お姉ちゃんとお父さんが山のように持ってきてくれた。きっと花屋さんを駆け回って買い占めたんだね。

私、お風呂にも入ったんだよ。長い入院生活で、お友だちになった若い看護師さんたちが、みんなでだっこしてからだを洗ってくれた。髪をきれいに編んでくれて、からだじゅう白く塗ってくれて、顔も唇もきれいにお化粧してくれた。

先生は、授業を終わらせてから、飛んできてくれたよね。私の制服姿を見て、「きれいだね」だって。先生は嘘つきだよ。それに、昔の私のほうが、比べものにならないぐらいきれいだったのに。先生、いうことが遅すぎ。もっと早くにいってくれたらよかったのにさ。

私ね、先生と話したいことがいっぱいあったんだ。だから、家族にも、看護師さんにもお願いして、先生と二人にしてもらった。でも、先生の顔を見たら、もう駄目だった。泣くことしかできなかった。先生も同じだった。話なんかできなかった。結局、朝まで二人で泣いてたね。あの日私が流した涙は、きっと私の一生分の涙だよ。


朝日が出た頃、お姉ちゃんとお父さん、お母さんが、病室に入ってきた。

結局、みんなでまた泣いた。

でも、私わかったんだ。みんなから愛されていたことを。お父さんからもお母さんからも、たくさん、たくさん、愛されていた。

でも、私もみんなも不器用だった。その愛をきちんと伝えることができなかった。

それで、私はふてくされた……。もういわないよ、過去のことは、もういいんだ。

先生、私はつらい時、哀しい時、ただ、泣けばよかったんだよね。


私、少し勇気が出た。

みんなからもらった愛の涙をいっぱい持って、旅立てる。そうやって、自分にいい聞かせて、旅立つ怖さと向き合える。ちょっと格好つけすぎ!?

本当は、こうも思った。私がつらいのは当然だけど、残された家族も先生も、きっともっとつらいはず。私がしっかりしなくっちゃって。

11時頃だった。

ドクターが入ってきて、「亜衣ちゃん、もうお休みしようか」って。私は、「うん」って答えた、何も考えずに。考えてもどうしようもないことを知っていたから。それから、これ以上、みんなにつらい思いをさせたくなかったから。

ドクターはみんなにも「みなさん、いいですか」って聞いたけど、誰も答えなかった。そしたら、ドクターは「いいですね」ってみんなに念を押してから、私の点滴に麻酔薬を入れた。私は目を閉じた。

そのとたんに、「亜衣！　聞こえてるか。話そう」って、先生は私の手を握りしめてきた。お姉ちゃんも「亜衣、話そう！」って。お父さんとお母さんの大きな泣き声も聞こえたよ。

でも、私は目も口も決して開けなかった。

亜衣、たくさんの時間を君と過ごしました。

ドクターは、私を君の家族同様に扱ってくれました。

夜回りが終わった後、まだ日の出る前に、君の病室に行ったこともあるね。君と見た朝日はきれいだった、二人で感動した。でも、その後、二人で少し泣いたね。

亜衣は、私に聞いてばかり。「今、どんな子とかかわってるの。夜回りでどんな子と会った？」いつも、私だけが話した。それがつらかったです。

ことばは明日に向かって放つもの。明日を失った君が、語ることばを失った気持ちがよくわかりました。だから、つらかった。

私の3冊目の本、『さらば、哀しみの青春』の原稿を君に見せたこと、読んで聞かせたことも覚えていますよ。

この本は、君が亡くなった翌年の4月に出版しました。

亜衣、この本のあとがきに、少しだけ君のことを書きました。くわしい事情は書いていませんが、君がこの世界に生きていたことを、ドラッグに苦しむ人たちにわかってほしかったから。

君が、「この本の子どもたちと同じように、私のこともいつか書いてね」そういった時は、いやでした。

自分には、書くことができないとわかっていました。

でも、今こうやって書いてます。

ただし、私が書いているのではなくて、君が私を使って書いてる。私はそう思っています。そう自分にいい聞かせています。

7月12日夜9時に、学校にドクターから電話がありました。

「水谷、明後日から亜衣ちゃんにモルヒネの投与を始める。意識が朦朧《もうろう》となるから、その前にお別れをしておいてくれ。その日の朝にはご家族もそろう」そういわれたように思います。

私はドクターに頼みました。

亜衣が話せる最後の夜には、私がそばにいてあげたい。明日の夜は睡眠剤を使わないでほしい。それから、仕事の関係で深夜、しかも12時過ぎにしか行けないけれど、必ず行く。だから、それまで亜衣を一人にしないでほしい。看護師さんをつけておいてほしいと頼みました。


病室に入ってびっくりしました。

君は大好きな制服姿で、お化粧までして待っててくれた。髪も編んでもらっていたね。

でも、君の手を握りしめて泣き、君のおでこをなでて泣き、結局朝まで二人で泣いていました。きれいなたくさんのかすみ草の花に囲まれ、その中で声を殺して泣きました。

後で聞いたけど、君をお風呂に入れてくれたり、お化粧もしてくれた君の大好きだった若い看護師さんたちも、あの夜たくさんの涙を君にくれました。

朝7時過ぎ、君のご家族もみんなそろいました。

泣いている私たちを一目見て、みんなで抱き合って泣いたよね。泣くことしかできませんでした。

亜衣、私は昔、神父になろうと思ったこともあります。だから、こんな時は泣いてはいけないと思っています。

でも、人は本当に哀しい時、語ることばを持っていません。泣くことしかできないのです。


ドクターは11時に、「亜衣ちゃん、もうお休みしようか」といい、君は、「うん」と答えました。「みなさん、いいですか」と聞かれましたが、誰も返事をすることなんてできません。

麻酔薬の投与が始まりました。その瞬間、お父さんもお母さんもお姉さんも、私も、必死で君に話しかけていた。君の声が聞きたかった。

でも、君はしっかりと目をつぶり、二度と口を開かなかった。私たちの声が聞こえていたこと、知ってます。その証拠に、君の目からは一筋の涙がこぼれ落ちました。


亜衣、君は強い子です。

最後の最後まで、遺される私たちのことを思ってくれていました。もしも、ひとことでも話せば、それが、私たちのこころの重荷になるかもしれない。そう考えてくれていたのでしょう。

でも、そんな姿がけなげすぎて、また、私たちの涙を誘います。


あの日から、君の家族は誰かしら、君のそばにいました。家族で話し合ったそうです。絶対に君を一人ぼっちにはしないと。

昼間はお母さんが、夜はお父さん、休みの日はお姉さんが、いつも君のそばにいました。私が病室に行くのはいつも昼間ですから、お母さんと君のそばで、君をなでながら、君の話をしていました。

君の家族も私も、君にたくさん話しかけたんだよ。

たぶん、君には聞こえていたと思います。時々、君は笑顔になり、時々は哀しい顔になったから。

14 旅立ち

あれからの日々、私、あんまり覚えていない。

家族が毎日きてくれたことは、ちゃんと知っている。

先生も何度もきてくれたね。特に講演旅行からの帰りには、必ず寄ってくれた。

「亜衣、70個目のキティちゃん。先生な、沖縄に行ってきたんだぞ。これは、沖縄のシーサーのキティちゃん。魔除《よ》けなんだぞ」そういって、私の枕元にキティちゃんを置いてくれたことも知っているよ。先生の声はちゃんと聞こえていたから。

ドクターも看護師さんも、家族も先生も、私に「大丈夫」「頑張れ」っていわなかった。それがうれしかった。

だって、亜衣は一生懸命頑張ったもん。もう、大丈夫なんかじゃないんだもん。

一日一日、私のからだから命の炎が消えていくのがわかった。私のまわりで先生や家族が話している。それが、どんどん遠ざかっていく。

寂しかった。悔しかった。治りたかった。生きたかった。もっともっとみんなに甘えたかった。みんなを愛したかった。

うつらうつらしてる間に、朝が、昼が、夜が、過ぎていった。

毎朝、看護師さんたちがベッドを起こしてくれた。朝日のまぶしさがだんだん薄らいでいった。きっと、秋がきたんだね。

お姉ちゃんはいつも季節のきれいなお花を買ってきてくれたよ。最初に私の目の前に持ってきてくれるから、フワッといい香りがしてわかった。

逃げ出すことのできない病室で、唯一季節を感じられた。

9月に入ると、麻酔が効かなくなった。自業自得《じごうじとく》だよね。

私、いっぱいアンパンやった。睡眠剤も使った。シャブも打った。だから、薬が効かなくなったんだよね。

からだじゅうを虫が食い破っていくみたい。必死で逃げようとした。でも、もう動く力なんて残っていなかった。

先生、私、聞こえたよ。

私の枕元で、先生がドクターにくってかかった声。先生はどうすることもできないことに、いら立っていたんだね。珍しく怒りをぶつけていた。

私は我慢できないほどきつかったけど、ただ待った。もう少し、もう少しで、楽になれる、旅立てるって、自分にいい聞かせた。

10月15日、本当は、私はその日を知らない。でも、そうなんだよね？

この日、お父さんとお母さん、お姉ちゃん、そして先生が、私の枕元にいた。みんな泣いていた。ドクターも私のお友だちの看護師さんたちもいた。泣くのを我慢してた。

私はありったけの力を振り絞って、目を開けた。先生は私の目をしっかり見てくれていたね。本当は叫びたかった「助けて先生、死にたくない！」って。
でも、声なんて出なかった。
遠ざかる意識の中に、ドクターの声がかすかに聞こえた。

亜衣、君の最後の日々。

病院とドクターは、何時でも君の病室に入ることを認めてくれました。だから、講演から帰った後も、夜回りの後も、時間の許す限り君の病室を訪ねました。私にできることといったら、それしかありません。

君の耳元で、「亜衣、そばにいるよ」そう声をかけると、君は必ず、ほんの少しだけ閉じたままの目を動かそうとしてくれた。

あぁ、亜衣は気づいてくれた。そう思うとうれしくて、いっぱい話をしていました。新しくかかわった子どもたちのこと、講演に行った町のこと。一生懸命、笑顔で話しました。

君の病室は、いつも季節が溢れていました。お姉さんが君のために、季節のきれいな花を飾ってくれていたからです。

いつも君は、優しい顔で眠っていました。

でも、秋の訪れを感じ始めた頃、君の表情が変わりました。君が必死に痛みをこらえているのがわかりました。君が私たちのために頑張っている姿を、見るのがつらかった。

「亜衣、もう頑張らなくていいんだよ」私は何度も叫びそうになりました。でも、いえなかった。

ドクターにもかみつきました「頼むから、楽にしてやってくれ。それもできないなら、医者なんてやめてしまえ！」と。

10月14日夜、学校にお父さんから電話がありました。「今夜が、亜衣の最後の夜になりそうです。先生、できたらきてください」私は、「授業が終わり次第、急いでうかがいます」と答えました。

病室に入った時、すでにお父さんとお母さん、お姉さんも君のそばにいました。お母さんとお父さんは君の手を握りしめていた。お姉さんは君の髪を優しくなでていました。病室には、モニターから流れる君の心電図の音だけが冷たく響いていました。

そのまま何時間も過ぎていきました。ドクターは何度もきてくれました。私たちはことばを交わすこともなく、君の安らかな最期を待っていました。

朝日が昇ろうとする頃、モニターの音が不安定になりました。すぐに、ドクターと看護師さんたちがきてくれました。

その時、君の目が開きました。その目は私を見つめた。きっと君は、一生懸命話そうとしたんだね。

私には、君の目が「助けて先生。死にたくない！」といっているように見えました。

ごめんね、亜衣。

私には、何もできなかった。だから君の目に一生懸命訴えました「替わってやりたい」と。でも、できないんです。

君の目は「先生、何で助けてくれないの」と訴えます。その目がだんだん厳しくなり、私をにらみました。

「私を殺したの、あんたたち大人だよ」

そういわれたような気がして、私の胸に突き刺さりました。

君のモニターの音は消え、部屋の中には無情な機械の連続音だけが響きました。

「ご臨終です」というドクターの声。

その直後のご両親のことばを忘れることができません。「亜衣、やっと楽になれたね」そういって、君を優しく抱きしめました。お姉さんと私は、ただ泣いていました。

亜衣、君がいなくなった日から、早いもので13年も経ちました。

私はいつも、自分のしていることが正しいのか間違っているのか、自分自身に問うています。でも、答えは出ません。

本来、人は、他人の人生に深く介入してはいけません。でも、私は、ずっと介入し続けてきました。いいわけかもしれませんが、そうせざるを得なかった。

その結果、たくさんの子どもたちの死と向き合わなくてはなりませんでした。本当は、私が、君も含めてたくさんの子どもたちを死に追い込んでしまったのかもしれません。償うことのできない罪です。

君の最期のまなざしを思い出すたびに、私のこころには罪の意識が湧き起こります。今も君の死を背負って、私は生きています。

亜衣、3年前のお父さんとの約束を果たすために、この原稿を君のご家族に読んでもらいました。

久しぶりに君の家に行き、君のお父さんやお母さん、お姉さんと話をしました。私が送ったこの原稿のほとんどのページに涙の跡がにじんでいました。読み進めるのがつらかったのでしょう。

私は、この原稿について、何も聞くことができませんでした。

私が、「そろそろ失礼します」といって席を立とうとした時、お父さんがいってくれました。

「水谷先生、約束通り、この原稿を本にしてください。家族みんなの総意です。この中には、亜衣が生きています。

本となり、たくさんの人の目に触れることは、私と妻の恥をさらすことでもあります。でも、出してください。きっと亜衣も喜んでくれます。

私か妻か、先生か、誰になるかはわかりませんが、いずれかが先に旅立つ時、本を亜衣の元に持って行ってやりましょう。

先生、お疲れさまでした。本当にありがとうございました」

やっと、私の肩の重たい荷が下りました。約束を守れてうれしいというより、やっと終わった、そんな気持ちでした。

亜衣、待っていてください。いつの日か、必ずこの本を君に届けます。

おわりに

２００２年10月15日、亜衣は旅立ちました。

この本を出版することが、一人の少女の哀しい死を書き遺すことが、望ましいことなのかどうか、私にはわかりません。

いや、わかっています。

本当は、亜衣は、亜衣とともに生きた人たちのこころの中で生き続け、かかわったすべての人たちの死とともに、忘却の海の中に溶け去るべきだと。そして、それが人の宿命なんだとも思っています。

でも、私は書かなくてはなりませんでした。

亜衣という一人の少女が懸命に生きた、勇気を持って病と闘ったという証を、たくさんの子どもたちに伝えるためです。

お願いです。亜衣のことを他人事と思わないでください。

この本を読みつないでくれる人たちのこころの中で、亜衣という少女が生き続けてくれることを願っています。

２０１５年６月

水谷　修

水谷 修

Osamu Mizutani

1956年、神奈川県横浜市に生まれる。上智大学文学部哲学科を卒業。1983年に横浜市立高校教諭となるが、2004年9月に辞職。在職中から継続して現在も、子どもたちの非行防止や薬物汚染の拡大防止のために「夜回り」と呼ばれる深夜パトロールをおこない、メールや電話による相談や、講演活動で全国を駆け回っている。

主な著書には、『夜回り先生』『夜回り先生と夜眠れない子どもたち』『こどもたちへ おとなたちへ』（以上、小学館文庫）、『増補版さらば、哀しみのドラッグ』（高文研）、『夜回り先生の幸福論　明日は、もうそこに』『夜回り先生　子育てで一番大切なこと』（以上、海竜社）、『さよならが、いえなくて』『夜回り先生の卒業証書』『夜回り先生　こころの授業』『あした笑顔になあれ』『あおぞらの星』『あおぞらの星2』『いいんだよ』『夜回り先生からのこころの手紙』『夜回り先生50のアドバイス　子育てのツボ』『夜回り先生　いのちの授業』『ありがとう』『夜回り先生　いじめを断つ』『Ｂｅｙｏｎｄ』（以上、日本評論社）などがある。

約束《やくそく》

2015年6月15日　第1版第1刷発行

著　者　水谷《みずたに》　修《おさむ》
発行者　串崎　浩
発行所　株式会社日本評論社
〒170-8474　東京都豊島区南大塚3-12-4
電話 03-3987-8621（販売）
FAX03-3987-8590（販売）
振替 00100-3-16
http//www.nippyo.co.jp/
装幀・デザイン　井上新八
写　真　望月　研
印刷所　精興社
製本所　難波製本

ISBN978-4-535-58685-7　Printed in Japan